另一種日常 生活美學讀本

凌性傑
范宜如 編著

Contents
目次

二 空間與心的探問

三 跨文化美學行旅

四 文藝捕夢人

主編序
過日子

凌性傑

我以為，最好的散文來自日常，又能開創出「另一種日常」。日常的艱辛與甜美，提供了書寫者想像的憑藉，從中創造出一片心靈領地。然而，日常也最難寫，要把吃飯穿衣睡覺寫得耐人尋味，除了要有過人的品味能力，也要擁有從塵埃裡開出花朵的文字魅力。我們無法改變日子的轉速，唯一能做的是，用更美好的心理時間去面對日子流逝的狀態。

所謂「江山風月，本無常主，閒者便是主人。」正是那一點點閒情逸致、一點點物外之趣，讓尋常生活有了美感。過好日子，好好過日子，便是生活美學的核心。

煩憂襲來之際，更加覺得過日子是需要智慧的。這些智慧，往往從閒聊中得來。也是閒聊的時候，與范宜如老師約好編一本跟生活美學有關的散文選。《另一種日常：生活美學讀本》於是在觥籌交錯之際、在日常的空隙裡，慢慢地成形了。我們不把編這本書當作工作，而是隨著興之所至，與自己喜歡的作家重新相遇，與自己喜歡的文章再一次展開對話。我喜歡這些貼近當代生活情境之作，吃飯、穿衣、喝咖啡、上廁所……寫來盡是個性與情趣。我也讀到各種感官知覺交織，在靜坐、行走、開車、登山、搭郵輪……這些活動裡，找到一種有意思的觀點。編選完成之後我才發現，這些文本自成體系又彼此呼應，回應了我們這個時代過生活的課題。

《另一種日常：生活美學讀本》選錄的作品相當多樣——吃香蕉、做便當、聽音樂、看電影、學外語、逛墓園、讀書、攝影、看雲、整骨、抄經，含括日常生活的諸多面向。尤其值得感激的是，每一篇作品提供的生命經驗與觀點，總在我煩躁的時候帶來一陣清涼。

除了生活品味的分享，我其實私心期待《另一種日常：生活美學讀本》可以在語文教育上發揮一點效用。好看、有情味、有美感且適於教學討論，是我對這部選集的期待。基於這樣的理念，《另一種日常：生活美學讀本》的編選兼顧文學表現與閱讀樂趣，挑選三十二篇生活散文以饗讀者。為了貼近教學現場的需求，每篇選文之後附有一則閱讀筆記。為了使詮釋觀點更多元、更豐富，范宜如老師和我特別商請徐孟芳老師加入，共同撰寫閱讀筆記。

語文的學習需要日積月累，需要下工夫練習才能精熟。不管在哪一個國家，本國語文一定列為國民教育的核心課程。因為，理解與表達的能力，關係到一個國家的人民如何認識自我、如何與他人對話溝通。語言文字不僅是人際溝通的工具，更是我們探索意義世界的關鍵。語文能力之優劣，直接影響到國力。民主社會若要有深刻的對話溝通，必須先讓國民的「聽、說、讀、寫」變得愈來愈優異。想要提升閱讀理解與書寫表達的能力，除了仰賴學校教育，我認為還要有一系列的國民讀本，提供更多自主學習的機會。這就是規畫「中文好行」書系的初衷。

在這個書系裡，有美麗的文字風景，也有迷人的意義路標。書系裡的每一本書，可以用作自主學習，也可以做為共同學習討論的讀本。這一套書編選的起點與定位，是提供正道大法，讓國、高中階段的青少年精進語文能力。背後則隱藏著一個更大的心願：希望促進親子共讀，邀請家長們一起參與青少年的學習。同時也希望，這一套簡要易懂的國民讀本，可以讓久別校園的社會人士重溫讀書之樂。讀書的快樂、理解的快樂，將會陪伴著自己面對生活中的煩悶無聊，找到一個美好的意義出口。

擁有學習動能的生命，不會枯竭無趣。透過不斷學習讓生活變得更有趣味，也是我們現代人的重要課題。在《另一種日常：生活美學讀本》裡，有生活也有文學，有此地也有他方，有現實也有想像。因為這些文字的陪伴，或許我們可以發現，活下去不只是活下去，過日子也不只是過日子而已。閱讀帶來的快樂，讓平凡的生活有了「另一種日常」。

主編序

所以，生活是……

范宜如

記得那一年去光點華山看瑞典導演羅伊．安德森「生活三部曲」之《鴿子在樹枝上沉思》（對岸譯作「寒枝雀靜」），有一個段落讓我印象深刻：在機場候機的乘客突然心臟病發作，倒地不醒，現場一陣混亂。在此之前，這位乘客點了餐飲，餐廳老闆很執著地喊著屬於他的號碼，無人應答（他當然沒法領餐），轉而詢問好幾位旁觀者，「你要嗎？」，誰要吃一個乍然離世的陌生人的餐飲呢？鏡頭裡的世界一片靜默。最後，一個也許是搞不清楚狀況，也許是無所謂的路人經過，接下餐盤，坐下來慢慢地咀嚼食物，一切如常。

很荒謬很冷靜的敘述，但很真實。人生有可能是戛然結束的遺憾，也可能是倚靠著陌生人——一個在人生的劇場上離席的他者——遺留的善意而繼續前行。生活是這樣的，前一刻的喧囂，下一秒的遺忘，當前的現實。

但書寫有點不一樣。書寫就是一種後見之明，在最艱難（或最快樂）的時刻「之後」，你要用什麼方式記寫這些日常（或非常）？散文這個文類恰好承接了這個難以敘述的情感地形圖，像調音師聆聽每一個非常接近的音頻，誠實地打開那個彆扭的，憂傷的自己。散文總是跟自我對話，試著去調整焦距，去梳理事件中的自己。散文其實是「我」如何面對著我，感知著我，質疑著我，敘說著我。敘述需要停頓，抒情可能遲疑，思辨沒有邊界，意象可以延展。到底散文是一個腹地廣大的文類，著實是「靈魂的領地」。

與其說這本選本以主題取向，不若說，這本選集面向了當代散文的跨界性格及議題思索，反映了近身日常的存在感。這本書像一本生活情境的專輯，雖是不同作者的作品，隱微之中有著相應的連結。張曼娟書寫香蕉的記憶，是生命中的流離，而馬世芳從〈美麗島〉歌詞「水牛、稻米、香蕉、玉蘭花」延展的卻是年年蕉農面對破盤價不可承受之重。吳億偉談人在異國的語言學習，廖偉棠則以瘂「弦」的發音，碰觸移民者之間的「尷尬之詩」。同樣談攝影，李欣倫從攝影師 Chris Jordan 拍攝信天翁的相片看見「有汙點的記憶」，李長聲則從麥克阿瑟與日本昭和天皇的相片延伸思考日本人的國民性，張雍則反思亞洲社會注重「功效」的價值觀。

廁所與墓園可以是身心安頓的所在，「我輩路人」可以從郊山走出「千里一音」；咖啡，西裝與貓，抄經，整骨與攝影，彷彿可以探看當代城市生活之一隅。簡媜書寫家鄉的地名如一首地誌詩，郝譽翔的郵輪航線是人類文明的輿圖；「媽寶」與「姊姊」可以是散文篇名，杜甫穿越現代，為林生祥《圍庄》中的〈動身〉助一臂之力；〈美麗島〉的歌聲從太平洋流動到北京，穿過粘嶺街與整個夏日，從金澤與池上探勘人間風景；吳岱穎的「人生不如一碗清湯麵」反思了日常之味，王盛弘的〈奈良有鹿〉，在「敘述」過程中適度動用「虛構」的魔法，透顯的是郭強生扣問的文學的「真實感受」。

雲端世代依然需要知識與結構、情感意象與思辨，如何如實記述，裁剪與停頓，如何延伸詠嘆，安排喻象，又如何擬音再現，切換觀點，驅策意象，延展記憶的景深，這些觀察與敘事仍然需要書寫者的文字質地與技藝。這是在選輯這本書時，我們依然關注的文學特質。

和性傑合作這本書的緣起，是那一年張大千辭世三十週年的秋天，我們相約在歷史博物館看展，在二樓荷豐水月的食飲之地，我們聊起了生活種種，關於閱讀、寫作以及教學。經過這幾年（的延宕），閱讀的範疇更多元廣泛，也在聚談中培養出默契。透過這些精采的作品，彷彿為自己的生活命名，給自己的生活一種說法。

感謝性傑的邀請，讓我進入「另一種日常」，也要感謝孟芳的賞讀，豐富了這本書的華采、靈光與意蘊。特別要感謝執編桓瑋，以無比的耐心與寬容，等待我總是遲了一步的工作進度。日常生活或許平凡瑣碎，但書寫讓所有的可能的麻煩都閃閃發光，這是書名「另一種日常」的可能。再者，以「生活美學」為標目，並不是規範性的概念，而是一種提問，讓生活有更多美的想像。

木心曾這樣寫著：「生活是什麼呢，生活是這樣的，有些事情還沒有做，一定要做的……另有些事做了，沒有做好。明天不散步了。」所以，生活究竟是什麼呢？做好或做不好都是他人之眼，但美可以包容一切——如果美是一種讚嘆，一種悲憫，或是同情的共感。隨著寫作者提供的觀看視野，提醒我們，縱然生活未必美好，但我們總可以駐足日常，做自己生命中的麥田捕手，接住生而為人都可能有的困頓及困惑。以散文的黃金之心，穩穩地站在生活的土壤之上。

蕉裡的快樂

張曼娟

小時候我之所以愛吃香蕉，完全是受到父母親的影響。他們都生長於黃河流域，童年時便聽過這種水果，卻從沒機會嚐過。父親說，香蕉的招牌會掛在水果鋪子裡當成裝飾，迎風招展，金黃色的誘人線條，令人垂涎。然而真要有人買了，老闆便從地窖裡取出一根，不知道已經儲存多久的香蕉，整條都漆黑風乾了的樣子讓人胃口盡失。路過水果鋪的孩子，永遠沒錢買香蕉，總要貪婪的多瞧上招牌幾眼，成了一種掛念。

父親長大之後隨著海軍船艦來到基隆港，並不知道這一待就要五、六十年，以為只不過十天半個月，於是夥著一群同袍，用鋼杯買來砂糖，濃濃地沖泡熱水喝，好像要把自年少起即離家流浪的苦楚都調和了似的；又買來十斤、八斤的香蕉當飯吃，並且陶醉地想像著不久之後返回故鄉，可以驕傲地向兒時玩伴炫耀——我只吃香蕉不吃飯，那蕉原來是黃金一樣的色澤，並不是黑色的。在台灣，可沒人吃黑香蕉的。這些玩伴後來都沒有重逢，父親的香蕉傳奇也一直沒機會說。

曾經有過一段時間，因為經濟上的考量，台灣香蕉都要出口，吃不到新鮮香蕉，只好吃脫水香蕉，這彷彿成為一種屈辱，是民族的屈辱，也是貧窮的屈辱。在我誕生的年代，台灣已漸漸走出這樣的屈辱了。起先只有芭蕉可以吃，短粗的果實，甜度和香味都不足。然後，芝麻蕉出現了，果實變得瘦長，一剝開皮，濃郁的香味襲人而來，香蕉皮上芝麻似的黑點，標示著它是一種新品種。

對於小孩子來說，天天吃香蕉終歸是要膩了的，我開始嫌棄吃過香蕉之後口裡留存的氣味。加上頑皮的男生作弄女生之後，總要嘻皮笑臉的念著：「小姐小姐別生氣，明天請妳去看戲，我坐椅子妳坐地，我吃香蕉妳吃皮。」我隱隱覺得受了欺負，對香蕉更沒好感了。

直到我更大一點，母親在家裡發展育嬰事業，放學之後我有時也幫著換換尿布，餵餵牛奶。有個不滿週歲的小嬰孩，排便很辛苦，母親叮囑我餵他吃點香蕉，並且示範餵食的方法，用一根小湯匙在剝開來的蕉肉上多挖幾趟，挖出果醬來，再餵進嬰兒口中。我看著母親細心的將外層果肉挖除，再將陽光色的比較軟的果肉變成醬，送進那個孩子口中，我忽然有些發愣了，當我很幼小的時候，牙還沒長出來，記憶也還蒙昧，母親也是這樣餵我吃香蕉的嗎？我在她的手上吃過多少香蕉呢？在那以後，我並沒有變成一個愛吃香蕉的人，真實人生沒有那麼戲劇化。

我用吃水果以外的方式吃它，將它吃成甜點；吃成飲料；吃成三明治。吃成三明治最簡單，將吐司抹上花生醬，再切幾片熟透的香蕉夾在裡面，花生的香味與香蕉的甜度巧妙的融合在一起，我就這麼不知不覺地吃掉半隻香蕉。朋友請客吃鐵板燒，雖然很清楚知道昂貴的是活龍蝦和松阪牛肉，可是心裡偷偷期盼的卻是甜點煎香蕉。小小兩片，煎年糕的形狀和香味，送到面前來的時候，我便有著無法遏抑的快樂了。在美國第一次吃到香蕉慕思，從此念念不忘，香蕉牛奶啦、香蕉冰沙啦，都讓我一往情深。有科學家研究指出，香蕉確實含有一種令人感到快樂的質素，沒錯，我早就感受到了。

最令我讚嘆的一次快樂經驗，是在曼谷，東方文華飯店旁邊，一座學院的學生聚集的小吃街。一個中年婦人推著車，將摶好的油麵糰在熱鍋上煎成餅，然後將香蕉切片裹在裡面，很快的把兩面煎黃煎脆，撒上白糖，澆上煉乳，熱騰騰地送進嘴裡，頭一次發現香蕉是甜中帶酸的，麵皮上的糖和煉乳附著在軟綿綿的香蕉肉，多層次的滋味在唇舌間像瀑布似的流瀉而下。

這種快樂的神祕質素，終於，徹底收服了我的伶牙俐齒。

——選自《黃魚聽雷》，皇冠

筆記／徐孟芳

近年來照護老病失智父母的張曼娟，在《我輩中人》一書中，細數了心路歷程，因投入照護而辭去大學教職，不可歇止的勞役，無戰勝一日的沮喪，同時，也有對自我生命的反省與清明：「我會孤獨老，也會孤獨死，但我並不懼怕。」

生命的過程，哀樂並陳，終期於盡，但在句點之前，每一個看似平淡的當下日常，都有可能是為未來預先儲存的明亮記憶，如同一根平凡無奇的香蕉，張曼娟受父母影響才愛吃的，卻是父親在海峽另一端年少時心生嚮往的滋味。

張曼娟用「香蕉」來談父親生命歷程中的流離，舉重若輕，本居黃河流域的父親對台灣香蕉的欽羨，到基隆港時把香蕉當飯吃的「傳奇」之舉，卻沒料到從此之後並無機會與兒時玩伴重逢了。作者在此對父親的失落僅點到為止，然而在《我輩中人》中，張曼娟才揭露這場流離，其實帶給父親深重的傷痛，九十歲終於爆發了精神疾患，譫妄，暴動。一份蕉裡的快樂，要多年後才明白，這歡笑並不是輕易的、也不是永恆的。

但吃食的當下仍是純度滿滿的愉快，無論是母親用香蕉細緻餵哺嬰孩的親情，或是作者用各種方式品味香蕉，尤其在曼谷的小吃街：「頭一次發現香蕉是甜中帶酸的，麵皮上的糖和煉乳附著在軟綿綿的香蕉肉，多層次的滋味在唇舌間像瀑布似地流瀉而下。」

味蕾銘刻記憶，即使尋常果物如香蕉，都能勾連親情、身世、異國文化感受，在方寸之間，寫下個人的歷史。

張曼娟，一九六一年生。曾任東吳大學中文系教授、香港光華新聞文化中心主任。代表作《海水正藍》自一九八五年出版以來，締造逾五十萬本的銷售紀錄，成為台灣當代最暢銷與長銷的小說之一。著有小說集《海水正藍》、《笑拈梅花》、《喜歡》、《芬芳》等；散文集《緣起不滅》、《人間煙火》、《黃魚聽雷》等；古典新詮文集《愛情詩流域》、《時光詞場》、《人間好時節》等。近期作品為《愛一個人》、《當我提筆寫下你》、《我輩中人》。

媽寶的便當

王聰威

我從小是個媽寶。

我媽是個心地很軟的女人，舉例來說，我只要耍脾氣，勞作沒做完一丟跑去睡覺了，隔天早上起床時，嘩啦，非常神奇地今天該交的東西，不管是捏陶土、紙雕、中國結還是端午節香包，保證美美地出現在桌上。而且她只要被我一誇獎就完全忘了那其實是我自己該做的東西，所以我一回家跟她說：「老師覺得你綁的中國結好漂亮喔，是全班最漂亮的喔。」她就會先害羞地說：「沒有啦，隨便做做而已。」接著開始自我批評哪裡做得不好，最後說：「下一次能做得更好。」

那麼，我可以媽寶到什麼極限呢？我是那種要完全等到我媽把菜煮好，把飯盛好，把筷子湯匙全部端到餐桌上擺好，叫我的名字，我才會上桌吃飯的傢伙，只要一吃完我馬上走人，躺到沙發上滾來滾去看電視，等我爸泡茶吃零食，連一根筷子也沒幫她收過。能這樣過日子，得靠我三不五時誇獎她煮的菜有多好吃才能辦得到，她也才更加努力煮飯。至於我媽煮的飯有多好吃呢？二十年前，騎車環島自助旅行的大學同學來我家住了幾天，直到今天都還在說我媽煮的那幾頓飯有多好吃，是他「生命中美味的想念」，好吃到這種文謅謅的程度。

也就是這種心軟又愛逞強的個性，我媽連幫我帶便當也絕對不想輸人。念國小國中時，我家離學校很近，媽媽會十點多就開始煮午飯，以便十二點之前準時幫我送便當來學校，這是我一天最快樂的時光了，我在之前聯副專欄「不讀書的日常」裡就寫過：「我的便當在班上非常有名，光滑亮潔的塑膠便當盒，像日本人一樣，外頭用一條顏色鮮豔的大手帕包著，打上個大結，再放在一個新穎的藍色便當提袋裡。一打開來，鮮綠的菠菜、淺褐色的煎鮪魚、油嫩的紅燒肉、黃白亮的荷包蛋，每天至少都有四種菜色，美麗整齊地排列在蓬鬆的白飯上。」這裡頭有些細節當時沒寫，但此刻可資證明我媽的逞強，我們家是小公務員家庭，每天硬要塞進滿滿的標準四菜一飯，而且有八成以上機率，四道菜當中沒有一道是隔夜菜，全是當天現做的，這樣也實在太驕傲了一點。我看別的同學的便當，人家明明家裡是開貿易公司的有錢人，還不是帶個一道黃黃的炒青菜兩條水煮魚就打發完畢。不只這樣喔，我的便當袋裡除了便當也一定會有水果，削好切塊泡過鹽水的蘋果和梨子，有時候是香蕉或芭樂，不知道為什麼以前的人很少帶水果，但卻是我媽裝便當的標準配備，我想，她心裡一定很得意，只有她會像辦桌一樣全套做好。

另外，便當提袋人皆有之，沒什麼好說的，但是便當明明放在提袋裡就好了，偏偏還要跟日本時代一樣，非綁上美麗的大手帕不可，這是我媽獨一無二的做法，還沒完，我媽厲害的地方在於，大手帕居然每天能換不同一條。身為非常虛榮的媽寶的我一定會把便當全部吃光，這一點倒是很乖，也是給我媽最好的誇獎（順便告訴她同學都很羨慕我），非常偶然的機會，我沒吃完便當又帶回家，每當這樣的時候，我媽便露出困擾的表情，並假裝哀怨地說：「咦，怎麼沒吃完，是不是現在都覺得我煮的歹吃了啦。」然後下一次就換花樣，改做炒飯炒麵炒米粉或是水餃一類的。

但即使再好吃的媽寶便當有一天也會不想吃，我念高中的時候很少帶便當，這種年紀還在帶媽媽做的便當實在太媽寶了，中午多半吃學校餐廳，不然就訂校外便當，可以想見一律難吃得跟鬼一樣，可是寧願這樣吃，也不想帶媽媽的便當，過這種同伴們一起說午餐很難吃的日子才是高中生的日子。畢業了，離開高雄到台北念書以及工作，至今有二十幾年了，要吃到我媽做的便當的機會少之又少，除了偶爾要從高雄回台北的時候，我媽會主動問要不要帶個便當在車上吃之外，幾乎沒人特地為我做過便當。我其實也不太在意，我又沒幫人家做過什麼，有什麼資格要求人家幫我做便當呢？只有我媽這種人，才會傻呼呼地被我一誇獎，便猛做猛做的，我都二十幾，三十幾，然後都四十幾了，還在問我要不要做便當帶回台北，我可不是媽寶了啊，我都當人家的主管這麼久了，每天在公司都裝出一副臭臉，這樣再當媽寶像話嗎？

這一年來，不知道哪根筋不對，決定要過健康的飲食生活，盡可能不外食，於是開始試著自己煮飯和太太一起吃，順便準備第二天上班帶的便當。我自己毫無感覺，但太太某一天忽然有點不高興地問我：「我們兩個人吃飯而已，你幹麼都要煮四道菜，而且魚啊，肉啊，菜啊也就夠了，非得再煎一顆荷包蛋不可。吃那麼多蛋幹麼！」我一聽反省了一下，果然她說得沒錯，我煮的菜幾乎是我媽幫我做的便當形式翻版，每星期至少要吃一次這一套，我一坦承此事，太太立刻驚訝地說：「你根本就還是媽寶啊！」

「是這樣嗎？」最驚訝的人應該是我吧！太太！

多想一點更不妙，我試著煮的第一道菜確實是紅燒肉，心裡念茲在茲的就是要重現我媽的紅燒肉味道，紅燒肉的做法當然有許多種，但是我永遠記得我媽在我小時候做得最好吃的狀態，最後將肉湯收到油光黏稠少流動，完整地包裹住梅花肉塊，帶有鮮明晶瑩的焦甜味，筷子輕輕一撕開肉，嘶的一聲熱氣釋放出來，隨之肉湯慢慢地從四周滲進鬆軟又肌理分明的肉絲裡。其他三道菜相較之下比較簡單，欠缺深度，但紅燒肉不僅是便當的核心，更是家的核心。我想每一個家庭裡一定有一道菜作為這個飲食的核心，什麼菜都可以煮得難吃或大人小孩偏食不吃，唯有這一道不行，只有這一道一端出來，就知道這是真的「回家吃飯」了，在沒有意識到的情況下，我一開始學煮飯就是為了將這核心從高雄老家帶到台北我自己組成的新家來，也成為這個家的核心。

原來我以為自己已經不是媽寶了根本是自欺欺人，我媽那一套完美便當做法，早已深深地刻印進我的腦子裡頭，穩穩當當地成了我人生與家庭的核心。不知不覺之間，我終究是個依靠媽寶的生活型態過日子的人啊，我才不是為了我和太太的健康人生才想學做飯的，潛意識裡是為了模仿我媽做的便當，才學做飯的！我喜歡做便當，甚至做菜這件事，壓根就是我媽給我的童年回憶的再現……其實我是為了繼續當媽寶，才想學做菜的！

原來啊，我雖然已經會自己煮飯帶便當，也會把菜煮好，把飯盛好，把筷子湯匙全部端到餐桌上擺好，再叫太太或朋友上桌吃飯，飯後自動把碗盤洗好放進烘碗機裡，廚房餐桌全部擦乾淨，但終其一生，無論我怎麼想變成不一樣的人，或者乍看之下已經是不一樣的人了……我依然都會是那個不想輸人的媽媽的媽寶吧。

好吧，媽，下次回高雄幫我做便當吧。

●——○ **筆記／凌性傑**

幽默的散文不太容易寫，尺度拿捏不好便容易流於瑣碎無聊或尖酸刻薄。真正上乘的幽默，是在人生經驗中提取讓人會心的場景，不刻意修飾，從平淡見機智。王聰威在這篇〈媽寶的便當〉裡稱自己為媽寶，自嘲之中其實帶有自傲。文章中的「媽寶」，儼然成為一種生活型態，或許也是流露個人情感的一枚標籤。這標籤看似只黏貼在生活表面，原來早已附著於記憶深處。即便身分改變（已經結婚、成為主管），媽寶的習慣卻是恆常無改。彷彿只要依循著習慣度日，生活才有那麼一絲絲安心的味道。

王聰威以簡單的文句，直述媽媽做的便當——標準的四菜一飯，藉此連結成長歷程以及家的概念。唯有紅燒肉一節，極力展現描述功力，印證了飲食的核心、家的核心。王聰威念茲在茲，試圖重現紅燒肉的味道，因為唯有這道菜端出來，才能有回家吃飯的感覺。於是他為了繼續當媽寶而學做菜，而這些家常菜，正是人生與家庭的核心。這些幽默的自嘲裡，正可以寄託難以言表的情感與深切的體悟。

王聰威，一九七二年生，小說家。畢業於台大哲學系、台大藝術史研究所。曾獲台灣文學獎、巫永福文學獎、中時開卷十大好書獎等獎項。現為《聯合文學》雜誌總編輯，並帶領旗下團隊榮獲二〇一六年金鼎獎年度大獎與最佳人文藝術類雜誌獎。著有長篇小說《生之靜物》、《師身》、《戀人曾經飛過》、《濱線女兒——哈瑪星思戀起》等；短篇小說集《複島》、《稍縱即逝的印象》等；散文集《編輯樣》、《作家日常》、《中山北路行七擺》、《台北不在場證明事件簿》等。

〈味之道〉節選

吳岱穎

條理

凡物有條必有理，尤其是送入口中的食物，因條而成理，似乎是道之必然。揉麵成團，搓以為條，入湯煮之，東漢稱之為「索餅」。湯麵本為主流，但唐代宮廷在夏日必吃「冷淘」涼麵，而宋元時期更發展出乾式的「掛麵」。形制不同，其理則一，無非就是使未發酵的麵團藉由搓揉產生筋性，或桿平而切，或拉扯伸長，製成易入口耐咀嚼的麵條，再以各式各樣的湯頭澆頭豐富味覺，連吸帶啜，放肆飽餐。至於煎至焦黃的廣式炒麵，多了一份酥脆麵香，似乎又回到餅的本質了。

麵是思緒的延伸，揭露存在的真相。無論寬窄粗細，扁薄厚實，都是下水前各自成理，沸湯中轉相纏縛，但齒牙切咬之後，同樣一一斷離。至於刀削麵片騰飛落鍋，看似奇技淫巧，到底師傅手中的麵糰由重而輕而虛無，心情也就輕鬆了。

我喜歡在陰鬱的天色裡端著一碗熱湯，湯中白麵條條分明，菜葉或舒或捲點綴其間，原本紛雜難解的心事遂變得清朗起來。解憂無須杜康，痛飲沉醉過後，問題總還是在的，不如一碗清湯麵，看得清楚，想得明白，也就有了解脫之道。

卸甲

不可由他人代勞之事有二，一是過日子，一是吃螃蟹。人們總把日子過得殼甲厚硬，只是再怎麼抵抗，時間到了還得脫去一身武裝——脫殼重生是成長，斷肢求生是妥協，棄還其生是死亡，一切變化皆屬自然。天命有數，非關人力；味在自知，難以言宣。與其糾纏於幽微難明的道理，不如還是回頭吃蟹為妙。

海產河鮮，以蟹味最為霸道。袁枚以為此物只可獨食，不宜搭配他物，且須自剝自食，方解其中妙趣。法國人以為飲食吐渣不敬主人，料理螃蟹必定拆肉奉呈，又調和協佐，猶如焚琴煮鶴，大煞風景。日本人吃三大蟹，蜘蛛蟹鹹甘，帝王蟹鮮甜，毛蟹肉質細緻，雖各有長處，但只取其肉，於味之道終究有虧。

若說膏黃子肉四味俱全，首推大閘蟹。蟹黃是蟹的肝胰腺，蟹膏則是性腺，風味殊美，難以描摹。農曆十月，雄蟹體內膏黃各半，金相玉質，富貴中人。此時吃蟹，吃的其實是慾望。慾望無形無質，勾引人輾轉沉淪，饕家之所以愛蟹，也就找到了深層的心理動因。

脫卸殼甲，還見本來，人與蟹並無不同。佛洛伊德以為性慾是人類行為的基本動機，在吃螃蟹這件事上，我不能同意得更多了。

咬芽

春日吃草，吃的是一份清雅鮮淡。鮮淡是品味，清雅則是修養，無此修養便無從品味，能品此味方能得此境界。人生以境界分高下，嘴上空談不是工夫。論道不及證道，甘心方能安心，法門簡便易行，就從吃草開始。

吃草當吃草芽。野火燒不盡，春風吹又生，野草生命力旺盛，只要點滴雨露，微沾地氣，便能抽芽生長。然而易生之物必易老，老於世故，精於鑽營，看上去離離披原何其繁榮，但內心始終含藏著一份旁人無從了解的苦澀。唯有剛冒出土的那個時刻，本心猶未受到世俗沾染，純潔天真一如嬰孩。吃草芽，為的是提醒自己如保赤子，莫忘初衷，說來又是工夫。

草芽有佳味，在竹為春筍，石刁柏的嫩芽則是蘆筍。中國人稱竹筍為菜王，歐洲人則稱白蘆筍為蔬菜之后，葷素皆宜，海陸同珍，東西方對此所見無二。所不同的是白蘆筍嬌貴，須經人工培養，見光即老；竹筍則遍山出之，大有草野秀異俱英才的意思，見風則長，挺拔蒼翠，意境超遠可愛。

我喜歡在春日裡帶殼煮筍，冷卻後原湯冰鎮。現吃現剝，不加調味，只蘸些許海鹽佐之，清甜自顯。咬芽切齒，脆嫩鮮爽，春日的憤憤生氣，是我們共同的欣喜。

用藥

自古醫食同源，《內經》見載。凡藥具四氣五味，功在歸經調理。君臣佐使，必須依照個人症狀體質等等判定用量，不可分毫相差。但入於食飲，似乎就有一種養於未然的意味。春肝夏心秋肺冬腎，分屬木火金水，而健胃開脾卻又是四季之事。譬如培土植栽，暢旺氣血，氣血兩旺，本固元堅，自然得保健之效。

操危慮深，除了醫家之外，最屬母親。慈母保赤子，呵護周全，總希望他一生無災，禦病於未形。孩提時期味覺不全，好惡分明，吃藥固然是苦，吃藥膳更加痛苦。前者病在己身，病癒可不復用；後者憂在娘心，竟無可推諉。秋冬之交十全大補，少年時代轉骨祕方，抗過敏故烹蛙留皮，增智力故頭髓煲湯。一吃數年下來，身形未見增長，倒是聞及藥氣便潰然思逃，改投速食懷抱去也。

等到年歲漸長之後，慢慢懂得了此中滋味。雖說有草為樂，未必真是因病用藥，譬如韓國吃人蔘雞，蔘之甘溫僅作為調味，日本以青紫蘇佐魚生，芳香去腥亦無關解毒，但對台灣母親而言，使棗用耆，蟲草當歸，無非疼惜關愛。思及此意，心下也就多了一分溫暖。

每當路過夜市，藥燉排骨的氣味飄然充盈街路。褐色藥湯苦甘芳香，常令我想起當年燉煮藥膳的母親身影，忽然就，溼了眼眶。

有膽

第一個吃海膽的人當真有膽。棘皮動物外表驚人，暴露空氣稍久則臭腐難當。苟敲破硬殼，流出卵膏如痰涎，混著尚未消化的海藻渣屑，一團黑黃穢物，竟有人敢納於口中，令人怎麼也想不透。只是神農嚐百草，連人中黃白俱可入藥，則萬物皆食物，自是人間有理。據說印地安人稱番茄為狼桃，因其氣味特異，以為有毒而不敢食之。西班牙人將之帶回歐洲，英國人又將吃番茄一事帶回美洲，而後番茄才流行於全世界。可見飲食之演進，確實需要時間來催化。食髓而知味以後，勇氣自然倍增，便沛然莫之能禦了。

然而人類的劣根性正在這「食髓知味」四個字上。河豚之毒殺人無數，但饕家前仆後繼者亦無數，則海膽的外表自然不會是什麼障礙。自從識得海膽美味（也識得其高貴的價位）之後，我時常逡巡游移於高級超市的櫃位之前，看著松木小方盒中少少幾片海膽躊躇徬徨，最後一咬牙掏出錢包買下，迅即衝到旁邊美食街的開放式座位上，就著冰涼的啤酒一口一片慢慢消磨——此誠所謂「惜味如金」是也。也曾經在花蓮港的漁市場看人販賣新鮮「現撈」的紫海膽，冒著被刺傷的風險買了四顆回家料理，破殼剪喙，以茶匙刮挖那奶黃色的膏腴，腥鮮自吞，又慨嘆物非其地產非其時，實在不應該貿然衝動——這是「食迷心竅」，不足為訓。

海膽滋味確實迷人，但並非人人能賞。某日與詩人W聚餐時談及此事，W說，若高級海膽與龍蝦同時並呈，他寧選擇海膽而放棄龍蝦。此言於我心有戚戚焉，當場同聲附和，引來另一位好蝦詩人L的抗議，以為此乃無肉不能飽嘴之物，不足以誇之於口。更何況吃了海膽，「再吃其他什麼海鮮都沒味道了，」L說：「膽固醇又極高，實在不能常吃。」我因此明白，海膽的味道正如大閘蟹的膏黃，極具侵略性，不容他味侵犯。又需冷吃，熟食則脂腥流溢，容易膩口，如同烈火情人一夜激情固然令人回味無窮，但近狎則亂，卻又不是成家度日的理想對象了。澎湖的海鮮餐廳多提供海膽炒蛋，便大違此道，蛋無酥香，而海膽亦失其鮮爽。二物同炒，軟膩倍增，而盤底多油，往往使人心驚，不能終食。

所以說海膽，還是鮮採鮮食的好。我始終記得在函館朝市，冰路溼滑，我們一群人跌跌撞撞摸索到市場盡頭。店家用扇貝殼盛裝馬糞海膽陳列在簡陋的玻璃櫃裡，兩旁水槽中的紫黑生物猶且擺動棘刺，伸出細小的管足吸附玻璃，像在探索生命的囚籠。但我心存不仁，逕自掏出一千元要了一份。橘黃色的海膽在口中融化，包裹所有的味蕾，剎那間整座海洋的鮮甜令我失神，而時光彷彿為我暫留，歡快若死。回過神時，抬頭一望，鵝毛大雪鋪天蓋地，已飄飄然覆滿了整個世界。

——選自《聯合報》副刊三月—五月

●——○ 筆記／凌性傑

《禮記．禮運》提到：「夫禮之初，始諸飲食。」儒家標榜禮樂教養、人文化成，經典中規畫了一套美好的秩序，飲食之事也就跟社會結構產生關連。我們確實可以從飲食型態一窺文明的進程、社會的變遷，亦可從中察覺族群的特色、階級的差異。如今，飲食文學自成體系，吃什麼與怎麼吃在在都是學問。美食家布希亞．沙瓦杭是這麼說的：「告訴我你吃什麼，我就知道你是什麼樣的人。」

吳岱穎的飲食散文量少而質精，〈味之道〉由系列小品組成，既呈現個人的口味偏好，也揭示了飲食的神髓與道理。此類生活小品，最能看出作家個性以及文字功夫。吃麵可以吃出存在的真相、條理，食蟹則能嚐出蟹味之霸道，皆是老派文章的作法，最為講究火候歷練。飲食之中往往也含藏人情、綰繫記憶：〈用藥〉裡的藥燉排骨與母親形象彼此連結，〈有膽〉則藉由吃海膽的人勇敢有膽，鋪陳了一場味覺的冒險。飲食散文之道，在於懂得吃和懂得寫。〈味之道〉以小見大，善於剪裁鎔鑄，將飲饌之事寫得意味悠長了。

吳岱穎，一九七六年生，台灣花蓮縣人。畢業於師大國文系。現為建國中學國文科教師。曾獲林榮三文學獎、時報文學獎、國軍文藝金像獎、教育部文藝創作獎、花蓮文學獎、後山文學獎、全國學生文學獎等。並曾獲全國語文競賽中學教師組作文第一名、朗讀第一名。著有個人詩集《冬之光》、《明朗》，與凌性傑合著《找一個解釋》、《更好的生活》，合編《青春散文選》；並與孫梓評合編《生活的證據：國民新詩讀本》。

西裝物語

黃文鉅

在大學教書以後，我開始穿西裝。

制服癖也好，要帥也罷，西裝總是讓人浮想聯翩：筆挺，流線，修身，緊繃的外表底下，究竟埋藏著什麼類型的內裡？文質彬彬的輪廓背後，是否藏有呼之欲出的祕密或情結，縱有萬種風情，更與何人說？當然，某些幻想並不一定攸關綺麗的雲雨之事，而是具體展現了人類與生俱來的欲望：窺視和征服。

約翰．伯格（John Berger，一九二六—二〇一七）寫過一本《觀看的方式》（*Ways of Seeing*），藉由歐洲油畫的傳統，來思索看者與被看者之間的權力宰制關係。某種藝術作品會在某個時代應運而生，勢必與當代的社會階級、意識型態有密切關連。他強調，油畫和資本主義的發達脫離不了關係，因為「繪畫」本身足以變成市場上交易的「商品」。繪畫一旦被收購，便具有被（獨自躲在房裡，邊抽著雪茄的）資本階級收藏（細細撫觸、體味、賞玩）的價值，甚至開始水漲船高、洛陽紙貴。

比較耐人尋味的是，繪畫裡往往流露著性別權力。尤其是裸體畫。早期的資本主義跟男性沙文階級互通有無，所以一般資產階級（或曰收藏家）幾乎都是男性居多，而他們非常喜歡蒐羅各式各樣的裸女圖，反倒很少裸男圖。女體所象徵的線條、形貌，綜合了美的極致。伯格總結說：「在一般的歐洲裸體畫中，第一主角永遠不會出現在畫布上。他是站在畫作前方的觀賞者，而且往往假定為男性。畫面中的一景一物都是在向他訴說，都是因為他的在場而出現。畫中人物是因為他才成為裸體。然而他，顯然是個陌生人——穿著衣服的陌生人。」不論是亭亭玉立或搔首弄姿的女體，在觀者的眼底，成為一種展現權力尊卑的投射。

我見女體多嫵媚，料女體見我亦如是——這對當時的男性而言，極可能是一廂情願的想像。伯格的解析，挺容易惹毛女性主義者，然而，裸體畫的崛起背景卻不言自明。男性和女性在觀看立場的拔河，於焉展開。這種傾向埋伏在歷史的潛意識中，直至今日仍可在當代流行文化窺見端倪。

觀看的方式，向來都由男性主導，其姿態往往淪於單向式、俯瞰式的。如今風水輪流轉，觀看的方式逆向流動，成為了雙軌的並置。女性也有了「觀看」男性的自信和自由，而資產階級也不專受男性獨霸。正妹辣妹貴婦們悄悄扭轉了乾坤，將男性視為收藏的「藝術」者，大有人在。

昔日油畫上袒胸露乳的女體，如今變成了光怪陸離、各有千秋的猛男寫真集；有的訴求帥氣英挺的面孔，有的標榜倒三角的精壯體魄，外加結實油亮的胸肌、腹肌（而且一定要是像冰塊盒那樣的八塊肌才夠生猛）。

前幾年的日本男性雜誌，流行一種主題叫「妄撮」（妄想與攝影），找來清純的女麻豆在相同的現實情境下拍攝兩張寫真，一張是正常服裝，另一張只穿著內衣褲。兩張照片黏合之後，可將上層那張撕去，便馬上露出底下若隱若現的清涼照。據說這類雜誌銷量驚人，引起廣大旋風。日本人果然是天馬行空的民族，想像力之驚人之奇趣之色情啊，不得不大嘆一聲「死勾以～～」。

後來，這種「妄撮」再度推出了男體系列，寫真將「衣冠禽獸」的美學發揮得淋漓盡致。女麻豆被代換成男麻豆，清一色正經八百穿著各種角色扮演的制服（西裝上班族、空少、廚師、消防員、高校教師、救生員……），你可以沿著出版社匠心鋪陳好的虛線慢慢撕開，某個部位，轉眼就春色半裸了，亮晃晃攤在陽光下——撕開西裝筆挺的襯衫，就崩坍兩大塊健壯的胸肌；剝開長褲就露出四角褲和裸裎著腿毛的大腿；扯開袖子，竄出如山稜崎嶇的二頭肌、三頭肌；拉低三角泳褲，忽有龐然大物，排山倒海而來——（死勾以捏～～）

據說西裝系列最讓人抗拒不了。

每套楚楚衣冠的背後，是否都掩藏著一隻表裡不一的禽獸呢？人如禽獸，可性福乎？當然，這種雜誌算不上限制級，頂多輔導級吧。它充分體現了人類物化或意淫他者（不論男性或女性）的欲望。某種望梅止渴的誘惑，牽引出更多死勾以的遐想。

我比較好奇的是，這系列的商品，被研發出「撕」的舉止。像是刻意要曝露動物性的暴力美學，將原始獸性逼出來那樣，教人不堪入目卻又想入非非，讓你動心忍性卻又無奈口嫌體正直。直至求仁（人）得仁（人）為止。

「撕」的舉止，讓人想到喬治・巴他以（Georges Bataille，一八九七—一九六二）在《愛欲之淚》（*Tears of Eros*）中說到，對於一張翻拍自中國刑場的凌遲相片百般著迷：「這照片在我生命中有決定性的影響，我對這幀照片的沉迷從不稍懈；這痛楚的影像，令人狂喜又難以承受。」

巴他以是法國著名的思想家，還寫過一本非常有名的《情色論》（*L'EROTISME*）。他曾經提出許多驚世駭俗的言論，諸如人類之所以恐懼去談論性事，是因為它象徵著動物性的本能欲望。所以在文明的進程之中，唯有不斷去壓抑、禁忌，但這種曾經被排斥的對象，卻轉化成欲望的形式，被殘留在記憶裡。為了逃離原始的動物性，突顯自我的崇高，導致人的本性，永遠只能像鬼魂一樣，以一種視而不見、存而不論的方式被打入冷宮。

「撕」是一種本能，是動物求生、獵食過程之必要。人類懂得用刀叉筷子之後，便拋棄了這個舉止。「性」本為繁衍後代，文明化之後，只能做不能談。日本人將「撕」運用在「妄撮」的幻想之上，該說是不倫還是誠實呢，下次你不妨買本「妄撮」雜誌回家試驗看看。

此外，在人類的歷史過渡之中，髒話跟某些被視為不潔的器官、及其消耗之物緊密相連。大人總是面有難色，無法在小孩面前啟齒，因為它們是羞恥和汙穢的象徵，是必須恐懼的對象：諸如經血、糞便、死亡等等「髒東西」；又比如，從小我們就被教育，不能直呼性器官的學名或俗名，因為它有時根本就屬於髒話的一環，必須故作文雅地用代號來形容，「小雞雞」、「小弟弟」、「小妹妹」、「ㄋㄟㄋㄟ」……人類為了要證明自己是高貴的人種，而非低賤的動物，無所不用其極，要鏟除（隱藏）那些與生俱來但令人羞恥的胎記。

巴他以的核心概念就是，正視髒，與卑賤共存。有時候，見山就是山，無須指著鹿硬說成是馬，否則難免裡外不是人（何必呢）。

言歸正傳，「妄撮」系列鞏固了男性市場之後，也拉攏不少女性（甚至不乏男性）積極觀看的目光。放眼慶生趴踢或是狂歡夜店，辣妹秀雖有一定程度的市場，但猛男秀也逐漸不可小覷，有的還標榜三點全露、大跳人體鋼管。女性的投奔消費，重新向男人展示了不可一世的權力競爭。

正如某些男性對於空姐、主播的制服形象，總是充滿欲語還休的渴望和幻想。若是蘿莉控或正太控，則偏好翻領水手服、白色長襪、超短熱褲、白色制服之類，這樣才夠「萌」。相同的邏輯，男性西裝筆挺的英俊形象，乃至軍警制服、消防制服的猛男形象，也會成為女性（或男性）單純欣賞或者圖謀意淫的可能。

因為在下臉蛋太過稚氣的關係，曾經穿著牛仔褲和T恤到校教課，沒想到在某行政單位一度被誤認為研究生。此後為了避免尷尬，更不想動不動就得驗明正身，我乾脆穿西裝上班。彷彿是某種明哲保身的自清。不過有沒有可能此地無銀三百兩，反而讓人以為是商學院的研究生，在校園演練社交實習？

服裝，將人與人的社交分際拿捏得涇渭分明，不越雷池半步。西裝掩蓋了稚氣的表象，還予符合身分證上年齡的資格和對應。對女性而言，低估年齡或許是如獲至寶的讚美。相同的立場，在男性身上未必言之成理。

或許有人會問，過了三十歲之後走在大學校園，還能被誤認成學生，不是頗值得慶幸？你如果在臉書貼文，肯定有人十分白目地吐槽說：你這分明是炫耀文——事實上炫不炫耀要看個人感受。吃米粉的人若吃得順口，身旁人也就別幫忙喊燙了吧。

也有人說，不就是去教個書嗎，輕鬆簡單就好了，何必那麼在意那些眉眉角角。還有人說，學生們又不會因為你穿西裝洋裝、短裙背心，就變得積極以對或性情大變從此再不蹺課——確實，對於教學本身而言，這些都只是枝微末節的小道，教師當然應把重點放在教學層面。不過究其實，站在講台上的教師，若能在穿著上花點小工夫（倒不是花枝招展猶如服裝秀那般），其實對台下的學生而言，頗可收提神醒腦之效。

之前我念大學時，同學間最熱門搶修的，莫屬作家張曼娟老師的課。老師的口才無庸置疑，諦聽她上課，簡直就是美感和藝術的感召，更別說是那些古典小說的精髓或現代創作的解析，有多令人神往。我們當時最喜歡做的事情（我承認我們很無聊），就是等老師一進門的瞬間，迅速考察老師身上的穿著。像是另一齣「更衣記」似的，老師每每總能讓人驚喜。我們這群兔崽子，永遠抱著熱烈的期待，而後暗自訝異，老師的衣服數量之多、品味之高，光彩眩目，讓人膠著於課堂。

有道是，因果循環、報應不爽。輪到自己當老師之後，學生們也開始在台下議論紛紛，對我品頭論足。坦白說，剛開始覺得很囧。這年頭的孩子心直口快，泰半脫口就探問你年齡，像是問候祖宗十八代那樣冠冕堂皇，讓你非得回答不可。我如臨大敵傻了眼，不知如何回話，往往乾巴巴笑嗨嗨。學生說，老師看起來好年輕，不像大學老師，也沒有架子，上課的梗也都能聽懂，比較沒有代溝。

其實，聽久了之後，你就會知道，前面那些奉承之言聽聽就算（雖然有可能是事實），重點是「沒有代溝」，讓我拍拍胸脯放心了。教書最害怕對牛彈琴，當你在台上奮力賣弄十八般武藝，台下卻九流十家各自聊開。幸好我教的孩子們都非常溫良恭儉讓，想必我前輩子有燒好香。

每個人有自己的審美觀無妨，況且在台灣不管你是任何行業（只要不是業務性質者）。向來都不太注重穿著打扮，別人也早已司空見慣。有可能身邊一同等紅綠燈，穿著夾腳拖、短褲、頭戴漁夫帽的大叔正是個教授。也有可能是穿著牛仔褲便裝，手提菜籃摸魚溜出來買菜的高級公務員，恰巧與你錯肩。

不過我始終覺得，相較於台灣的隨心隨興，日本則在光譜的另一極端。在日本，連開計程車的司機都穿西裝。若是在東京，尖峰時間的地鐵站裡，比比皆是西裝男和套裝女。假使不發揮柯南的精神，你完全分不清對方的職業。但白領或藍領，學生或上班族可以明確區分。另外還有一種游離的大宗是SOHO族、打工族、無業遊民、電車痴漢……他們往往穿得比較中規中矩，在人群中深藏不露。

對我而言，穿西裝，一方面是對歲月俯首稱臣，承認業已「初老」的事實，說服自己別再像《聊齋》裡畫皮變人的妖物，對青春太過痴迷。另一方面，我壓根把西裝當制服。每週教書的固定時間到了，就遵照SOP的流程，順水推舟打理好。出門前，完全不需要停頓思索，今天該如何搭配天氣、心情、衣褲之間的協調性。一派西裝襯衫、西裝褲、方頭黑皮鞋，簡簡單單套上就好。若不想穿得太過正式，索性不穿西裝外套，也不打領帶。這樣對我而言剛剛好。

穿衣服是門學問。過了某個年紀，別再拿隨興當藉口。一個人能把自己打理好，呈現在人群面前，是需要學習的學問。有階級崇拜的日本人最懂「以衣識人」的邏輯。穿著正式不見得能獲得別人的青眼相待，但若穿著不正式，鐵定很難獲得禮遇。佛要金裝，人要衣裝，中國自古以來的門面哲學，居然被日本人脫胎換骨，甚至發揚光大了。

日本人的位階觀念，就如同日語一樣，音節迅疾如風，節奏硬挺，文法規律而不容置疑，更別說連日本人自己都常混淆不清的敬語有多複雜。語言，就像是衣裝，在這莽莽的天地人寰，分別以有聲或無聲的方式，被歷史保留下來，內化成民族的集體無意識，外顯為形象鮮明的旗幟。

話說回來，歷來不少文人作家，對穿著具有難以言說的雅癖。張愛玲〈更衣記〉傾向用桃紅配蔥綠的奇裝來炫人。三島由紀夫仿傚希臘悲劇，全身纏繞荊棘，自拍上演「薔薇刑」。魏晉南北朝的名士們更是曠放灑脫，有的刻意衣不蔽體，裸奔度日；有的身形挺拔，卻傅粉整裝，笑比桃花，膚如凝脂，絲毫不輸當今風靡全球的韓系美型男。畢竟光靠才華不足以譁眾取寵，非得鬥帥、比美才夠酷夠屌。管你是型男潮男或宅男，面子裡子兩者兼備缺一不可。

或許下回，我該試著穿上短褲和夾腳拖去教書，徹底融入當代學生的「課堂衣著文化」。

哎，初老何必是大叔……

於是乎，惶惶然脫下借來的畫皮，我也差不多該接受，被人喚作「大叔」的殘酷現實了呀。

——選自《感情用事》，聯合文學

筆記／徐孟芳

「男孩」何時成為「男人」？或許在生活中「必須穿上西裝」是一個身體標誌的斷代。黃文鉅的〈西裝物語〉不只是一場端正的成年告白，文中處處讓讀者也想大喊：「死勾以捏～～」，直截、明快，讓人想一探究竟。

由約翰．伯格《觀看的方式》談看與被看的權力宰制，昔有供男性凝視的油畫裸女，今有迎合女性趣味的日本「妄撮」雜誌，「西裝」男子與「裸身」女子對舉，而「撕開」的動作，將其中曖昧遐想的部分推演到極致，也是本文最辛辣之處。後引喬治．巴以他「正視髒，與卑賤共存」，正呼應了本文直視「性」與「欲」不加迴避的學理剖析。

回到作者本身，「西裝」具社交功能：「掩蓋了稚氣的表象，還予符合身分證上年齡的資格與對應」；然而看似穿上權力的同時，更有歲月的感嘆：「一方面是對歲月俯首稱臣，承認業已『初老』的事實」。

最終作者正色說：「穿衣服是門學問。過了某個年紀，別再拿隨興當藉口。一個人能把自己打理好，呈現在人群面前，是需要學習的學問」，但在端正披上西裝、站上大學講台之前，黃文鉅戀戀不捨的，還是那借來的畫皮，被大叔裹藏在西裝裡的，男孩之魂。

黃文鉅，一九八二年生，台灣新竹人。東吳大學中文系學士、政治大學中文所碩士、博士候選人。曾任教於東吳大學中文系，現任職於媒體。曾獲林榮三文學獎散文首獎、教育部文藝創作獎散文特優、雙溪現代文學獎散文首獎、全國學生文學獎散文獎、新詩獎、國藝會文學創作補助等。著有散文集《感情用事》。

咖啡匙舀走的生命

徐國能

近幾個月，行經和平東路國立編譯館附近時，我總是向一個熟悉的牆角張望，原先那有一位推著小車，賣手沖咖啡的殘障老人，他親切善良，舉止瀟灑，「花神」咖啡無比香醇，是人間一道溫暖的風景。可惜不知何時，他與咖啡小車同時消失，只留下一片無言的牆角與我對「花神」的無限回憶。我還記得，有時我買了咖啡去學校，一進電梯，所有認識與不識的人都忍不住說好香，那也許是包含老人不向命運低首的「德馨」吧。

咖啡已是這個時代的標誌，我的同事或朋友中，有的不抽菸，有的不喝酒，有的不結婚，或結了婚不生小孩，正是所謂的「各有堅持」。不過卻很少人不喝咖啡，套一句政治術語，咖啡是彼此的「最大公約數」，即便是長期失眠患者，總還是奮不顧身投入那黑色沼澤當中。

咖啡帶來什麼呢？是感官瞬間飽滿的刺激，也是近乎幽默的黑色靈感。對大多數的人而言也許是片刻的小憩；但我發現咖啡已經成為商業社會的人際禮儀之一，談生意的人往往要擺杯絕望的咖啡在文件堆雪的桌上點綴一下，直到它寒涼成與數字相同地冰冷也不喝上一口。

就我個人來說，咖啡總是為我帶來不少生命的靈光，賦予我另一個靈魂。聽到了上課鐘才匆匆從咖啡館跑進教室的那堂課，進度一定落後，不過笑聲會比較多一點，剛才的那一小杯咖啡讓思想活躍了起來，面對同樣的作品，似乎可以產生超乎以往的感受和聯想，而且更有樂於分享的心情，東扯西拉，討論作品變成輕鬆與歡樂的漫談，這是我真正神往的文學課。我最近發現，小筆電普及後，在咖啡館遇到寫文章的同事也比在圖書館中多，我想不僅是因為咖啡館的氣氛輕鬆，同時也是因為一杯甘醇的咖啡，能為文章帶來更多的香氣吧。試想如果當年嵇康、山濤之流在竹林裡或柳樹下，撩動袖袍而啜飲的是一盅藍山或曼特寧，那麼中國思想史的那一頁會不會更加深邃燦爛呢？

我是上大學後才喝過真正的咖啡。兒時的咖啡只有一種，就是「雀巢即溶咖啡」，那是一個有大紅塑膠蓋的玻璃罐，咕嚕咕嚕轉開後焦苦的香氣至今記憶猶新。不過那多半是客人送來的禮盒，我的父母不喝，我們聞著香，也不敢喝。後來有了單包裝的「三合一」或罐裝咖啡，那大紅蓋便日漸沒落了。上大學後，待在咖啡館的時間遠比圖書館多，這才知道一杯好咖啡是如何煮成的。那時與同學清談終日，大量的咖啡終於使我們成為晝夜顛倒、思想激進的憤世青年。我浮沉在杯中的領會是：人生最值得活的一刻，不在什麼功成名就之時，而應該在飲盡最後一口微溫的咖啡，望向窗外，晴空悠悠，暮色與人生都很遙遠的當下。

後來我開始自己烹煮，一半是省錢，一半是附庸風雅。慢慢將豆子手磨成粉，淺淺地加熱，深深地談心，夫妻生活倏忽這樣也過了十年。艾略特（T.S.Eliot）在他那首意味深遠的長詩〈普魯弗洛克的情歌〉（*The Love Song of J. Alfred Prufrock*）中說：「我用咖啡匙舀盡了我的生命」（I have measured out my life with coffee spoons），沒有錯，人生能禁得起幾匙的咖啡呢？

為了讓咖啡的年華更加燦爛，我送了一個英國瓷杯給妻子。純白的瓷上繪著藍色的中國風情畫，應該就是《柳景盤》裡的那個愛情故事。瓷繪筆調古拙：東方的柳林，佛塔的飛簷，拱橋上的行人與小舟，眼看就是江流天地外了，多少的情意卻成有無中的山色。我不知道我們將在那樣的意境裡漫汗多少晨昏，但生命是應該虛度的，因為那樣才美，因為平淺的咖啡匙縱能緩慢舀盡人生，但實在是無法盛起太多的真理或人間積極的意義。

——選自《詩人不在，去抽菸了》，聯經

筆記／凌性傑

台灣的飲料產業極為興盛，各類的飲品不僅讓人解渴，也供給國人情調與氣氛。東方的茶品往往透露閒情逸致，有一股清雅之美。咖啡這舶來品，則以濃烈的香醇刺激人們的感官、靈魂。二○一八年，正好是星巴克來到台灣展店的第二十年。二十年之間，咖啡已經成為國民飲料，城市裡四處都是咖啡館，難怪徐國能認為喝咖啡是這個時代的標誌。一杯黑水，除了映現靈光，亦可能是社會禮儀之必需。自己學著煮咖啡，也漸漸地成為我們這一代人的生命儀式。每天喝著咖啡，不管是為了提神或虛度光陰，生命就這樣自然而然地流逝了。

〈咖啡匙舀走的生命〉這篇文章正是對艾略特詩句的註解與詮釋，徐國能透過敘述自己的生命經驗來印證一句詩。「我用咖啡匙舀盡了我的生命」這樣的句子，此時讀來更覺豁達瀟灑，讓人以為「當下」是有香氣的。文章裡提到即溶咖啡、三合一咖啡、罐裝咖啡，那幾乎也就是一代人的咖啡接受史。品味的養成，有賴於學會細緻地區辨。當我們懂得挑剔咖啡豆的產地、烘焙程度之深淺、沖煮的方式、器皿的搭配……或許才發現，生命正值得浪費在美好的事物上。

徐國能，一九七三年生，台灣台北人，東海大學中文系畢業、師大文學博士。曾任教於逢甲大學、暨南大學、淡江大學中文系，現任教於師大國文系。從事古典詩學的研究與教學，創作文類以詩和散文為主，曾獲時報文學獎、教育部文學獎、聯合報文學獎、全國學生文學獎、台北文學獎等多種獎項。著有散文集《第九味》、《煮字為藥》、《綠櫻桃》、《詩人不在，去抽菸了》等。

那幽微的與那必遠颺的

阮慶岳

我對聲音的幼時記憶，經常與我對疾病的記憶連在一起。

最鮮明的印象是病著的日子，一人獨躺偌大榻榻米床上，聽晨起一切喧喧囂囂。兄姊們吵鬧預備上學去，父親也穿衣打領帶要上班，早食的小菜販子在樓下搖著叮叮的鈴，母親喀搭喀搭奔下樓梯，一屋子吆喝吃穿聲交錯不絕。

終於一一離去，寂靜下來。

然後，母親會再入房來探看我，告訴我說她要出去買菜了：「一會兒馬上就回來。」又說：「不要急，要乖乖躺著，我會買紅豆米糕給你吃，可是，絕絕對對不可以跟他們說喔！」我知道她所說的他們，就是一樣欲想著紅豆米糕的兄姊們。是的，母親，我當然不會說的，我無意炫耀也根本不會急，我不是那種人，我是到長大後來，才顯出急切模樣的。

母親出門之後，洗衣婦人悄悄在廊外磨石子洗台上，手洗起我們的衣服，水聲嘩啦啦。婦人有時低低哼著客家歌，有時晴日般大聲與某婦人隔牆開心聊天，完全不知覺我的存在。那時，只有，客家話語和無名歌曲輕微地飄搖在空氣中。

那是我與寂靜、以及因之而生的聲音，安然獨處的時光。這樣的一切是那麼美好，讓我甚至惚恍覺得，病者本是最幸福的人了。

生病的記憶與聲音特別相聯繫。上小學時染了重病，被從南方的小鎮，送到鄰近的城市，住入診所醫師的家，他們讓我獨睡二樓的榻榻米房間，鎮日皆我一人，父母在週末來看我。那時我太虛弱，連起身窗台的氣力都無，就以耳朵捕捉不斷穿梭來去的街景，譬如上下學時歡樂的兒童、賣吃食的小販、偶然相互爭執對語的路人，以聲音塗抹想像。

在美國念書時，也大病一場。那時省錢沒有買醫療保險，就回宿處鎖門關窗簾，禁食躺臥自我修護，只留几燈一座，喝水讀些書，安靜聽著世界流轉過去，一切既近也遠，不能喜也不能悲。約三日後，再起身，病好了一半。

這樣與聲音的關係，伴隨我顛顛仆仆的健康狀態，大約到了三十歲才做了改變。也就是說三十歲之後，雖然我的身子看來依舊不強健，卻也奇怪竟就不常生病了（母親心懷感激的說那是菩薩對她私下的承諾）。但我一直沒有忘記那恍如單弦反覆的聲音，既且幽微溫柔繞身、又是無情瞬間遠揚。

倥倥傯傯，惟只有病者才得聆聽。

因之特別懷念。並思索著：難道是因為離了病者的狀態，也同時失去聆聽世界的幽微位置了嗎？難道：強者不能見也不能聞嗎？如今我有時也不免回顧納悶著：或其實是我的身體根本就明白，那樣因病而得眷顧的時光已逝，所以必須不得不健康起來嗎？且，雖知成為蒙人眷愛的強者，是沒有聆聽的權力，依然只能任其遠去嗎？

所以，久久沒有再聽得那聲音了。以為與自己的生涯茁長有關，或是與後來大半生命所渡過的台北以及他國他城歷練有關，所聽見的聲音越是匆匆短促，可聽見的事務也越發侷限尖銳，如強鼓砰砰耳畔，無法略去。當時，並不能自知這樣的聲音，究竟是好是壞，只害怕不聽到所有他者都聽聞的聲音，如逐波翻湧的浪，一刻不能自鬆弛。

中年時，一次交換藝術家去到宏都拉斯，在偏遠窮困某山村居住兩月餘，因語言關係無人得說話，竟像啞者般的度著日子。如今回想，許多聲音影像流轉如燈，反而灼灼難忘。回來台北，毅然結束已十年的建築師事務所，像決定閉上那滔滔不能自絕的嘴巴，希望重啟閉塞已久耳朵的聆聽能力。

這樣一晃，也已十多年多，這段時間，我一直穴隱般地住在台北山邊的東湖。先是，開始聽到隔街山丘眾鳥啁啁啾啾，欣喜讓我悠悠醒來，躺臥床上聽那些高低長短的啼音，彷彿各自的喧囂裡，又隱著什麼神祕訊息的既和諧又完整。多麼神奇啊！究竟是什麼力量，能讓各異的鳥全然鳴唱，又相互共鳴融為一體？

日後，我逐漸發覺這種眾音齊鳴、和諧又同調的現象，其實在我日日的生活裡，並不少見。譬如此刻，我凝望窗外，陽光意外明亮飽滿，風悠悠吹拂，陣陣喧譁擾動滿布我陽台的長春藤葉片，稀里嘩啦；百葉窗的桿子一搖一晃輕擊著窗框，發出細微咚咚咚的聲響，遠後方陽台浴缸旁的風鈴，悠悠揚揚同聲回應；眼前方有幾棵大王椰子，隨風婆娑韻律擺動，緩慢低沉發出沙沙沙的聲音，飽滿的陽光低音吟哦，無聲卻有力。然後，急急飛過的鳥，鳴叫穿劃過去這一切，奔向那未明的遠方。

鳥隻也曾停落下來，完全沒有注意我存有，幾尺遠立在隔樓屋頂，優雅修整自己的羽毛，自在怡然抬頭四望，朝天際鳴聲幾下，振起翅膀又飛去。這些鳥隻我都不能識得，有的華麗有的樸素，有的碩大有的小巧，來來去去穿梭不停。我不覺得我必須知道他們是什麼鳥，因為他們恐怕也不會在乎我的名稱為何。

夜裡的聲音也很神奇。當一切都黯去時，聲音的精靈便活起來了。因為聲音本是不愛被看見，聲音並不依賴視覺而存有。我常睜著無用的眼睛，躺在我半層閣樓的床上，自在馳飛作冥想，敏感的耳朵不時接收到細微聲響，與我的思緒相應合。有時我難分辨，是這些神祕隱身的細微聲響，召喚引領我內在的思維作走向嗎？或者，其實根本是思維，在我生命的現實路徑裡，不斷為我敲擊出各樣樂音來的呢？

最難忘夜裡的聲音，是九二一大地震那夜。醒來意識到這事實時，我先撥了電話給那時獨居的母親，她住在城市的另一端。母親說：「我也正要給你打電話呢！」然後絮絮叨念著注意的事情，譬如燭火的安全，食物有無短缺，用水一定要儲存等等……那時候，我同時聽見街路上，人聲譁譁的喧擾，有人攜全家馳車遠去，發出尖銳急切的煞音聲響，有人成群移到巷口的公園，顯得不安也焦躁。然而，那時刻天地卻沉寂，無聲也未明。

我也喜歡高架捷運的聲音。有一次，我坐在一個咖啡店，看見與我等高的車廂，眼前悠悠跑過，發出微微韻律般的震動。那是一種介於聲響與震動間的波長，像是母親懷裡幌動入睡的節奏，也像是情人相擁黏膩的波濤韻律，讓我悠悠神往。是城市的聲音，人的真實生活所發出來的聲音，像是遠處的夜市喧囂餘音，某家夜裡突然啼嚎的孩子，週日下午傳來誰家快樂的卡拉OK，既真實又遙遠，溫暖也清凜！

於我，聲音在記憶及我內在心靈間，有著神祕難明的連結。比諸影像，聲音似乎更能讓我泫然欲淚。我想，應該是因為聲音可以穿越一些壁壘，得以入到被閉鎖的神祕某處所，揭出一些我所無法抗拒與自掩的訊息吧！

我其實相信城市的聲音都是美好的，像樹林裡的一切聲音本都是有機也必要的。有些尚且不能被接受的城市聲音，我寧願認為是或者還沒找到自己融入的方式，也或者是，我們還沒空出來這些聲音可以進入的位置。

聲音本是純然的。

——選自《聲音》，聯合文學

● ——— ○ **筆記／范宜如**

這篇文章是阮慶岳隨筆《聲音》的序文，說是書寫聲音，其實也是個人的生活索引。從童年的臥病所聞到行旅他方的異國之聲，從屏東潮州家屋到宏都拉斯的貧困山村，聲音成了空間移動的標誌。從台北的東湖「穴隱」到咖啡館的市聲，聲音又像是「自我衍生的單行道」，留駐成長的痕跡。

作者並不透過聲音的再現來談論記憶，而是透過聲音與個人行止的關係來探問聆聽的主體性。孩童時代透過耳朵捕捉街景市聲，人在異國則聆聽寂靜，聲音成了疾病的解方。此外，作者亦透過「聽見」與「聽不見」來談聲音如何引領心靈上的崎嶇與暗影。童年與母親耳語的親密，921大地震母子同時打電話的默契，可以說母親就是他隱微的記憶密碼。日後隱居東湖所聽得的鳥鳴則傳遞了某種神祕訊息，一如小說家法蘭岑所述：「鳥類極端的異質性是牠們的美與價值的一部分。」

里爾克說「人可以成為環境的初學者」，透過聲音，記憶得以復現，成為「生命現實路徑，不斷敲擊的各樣樂音」；同時也可以「穿越壁壘，揭出無法抗拒與自掩的訊息」。聆聽是權力，還是能力呢？在記憶的流動以及哲思的話語之間，阮慶岳給我們一個思索的角度：「我們還沒空出來這些聲音可以進入的位置。」這或許就是現代生活的困境，也是必須突圍之處。

阮慶岳，一九五七年生，小說家、建築師。淡江大學建築系學士、美國賓夕法尼亞大學建築碩士。曾任職美國芝加哥、鳳凰城建築公司多年，並於台北成立建築師事務所，現為元智大學藝術與設計學系專任教授。曾獲台灣文學獎散文首獎及短篇小說推薦獎、巫永福文學獎等眾多獎項。著有小說《林秀子一家》、《重見白橋》、《哭泣哭泣城》、《秀雲》、《黃昏的故鄉》等；散文集《一人漂流》、《聲音》等；跨領域創作《恍惚》、《阮慶岳四色書》、《開門見山色》等。近作為小說《神秘女子》。

聲音著床不完整症候群

吳億偉

來到德國學習新的語言，有種感受是前從未有的，我戲稱為「聲音著床不完整症候群」。十幾、二十歲時學語言，對聲音反應快，聲音與意思的聯結沒有時差，總能在第一時間，了解別人馬上回應，就算帶著口音，在溝通上總沒什麼大問題。語言，說穿了不過是開口發聲，將聲音排列至符合某特定的意思系統規範。簡言之，只要懂得如何控制聲音，一切都不難。

但是，過了三十，突然深刻感受到聲音與意思存在著差距。在歐洲，聲音琳瑯滿目，我卻生不出個意思來。長到現在，腦子能認出的聲音似乎早已底定，新的聲音只好被拒於門外。看著德國同學雙唇開闔，冒出的聲音如雨滴往我身上灌，但卻無法在我的理解系統裡著床，如同一場按鍵損壞的鋼琴演奏會，音樂家激情舞動雙手，我耳裡的聲音卻是斷裂，激昂之處常是音符的落空，本是飽滿樂章最終成為凌亂筆記，磅礡樂曲譜成腦中問號，最後朋友問我意見，我只能裝傻一笑，或是無意識回應Ｊａ（是的），然後從朋友的表情中理解，他們早知道我沒聽懂。

沒聽懂為什麼不問呢？我常被這樣質問，但想問清楚總有個限量，若只是隻字片語不懂，自然可問，但若只懂隻字片語，那實在不用大費唇舌了，因為連要問什麼都不知道。在學習語言裡，聽比說還要來得重要，聽懂了，還可用有限的字彙去表達意見，聽不懂，對話就只有草草結束的下場，像我這樣聲音著床不完整，所得的意義自然有限，被切斷的溝通讓人覺得挫敗，有些東西就是近在咫尺，但雙眼卻是一片盲。

根據語言學家的說法，腦子會自行分割區塊處理聲音，不同語言各占一區，互不干擾，所謂多語能力便是能在這些區塊間來去自如。可惜，這樣的切割能力在五歲之後就開始關閉，對聲音的認知也逐漸定著，世界將在已知的聲音中開始建立，比如日本人的世界，就是五十種聲音組合；德語中抖著小舌的R音，對我是沒有座標的存在物；而中文的四聲，是西方人士難以理解的細微轉變，一偉或是億偉，一個或是很多，沒有差別。

知道這些理論，並不能讓人馬上侃侃而談。想像那些區塊，若有一個小人在我腦中來去穿梭，他必定很辛苦，不得其門而入還是得「硬闖空門」。專家的建議相當有趣，學習語言，愈是老愈是要回到五歲前的狀態，讓擁擠的腦闢出一塊新地，唯一方式，就是不求甚解大量聆聽，讓新的聲音系統找到地方扎根，而不是攀附在既有系統之中。看到這個說法，不知為何，我腦子響起〈王老先生有塊地〉的旋律，歌詞不再重要，咿啊咿啊喔才是重點。

參照所有建議，能夠治療這個症狀，最好藥方就是大量聽寫，不斷聽著同一片CD，等到每個聲音都聽清楚了，便寫下所聽到的，看看耳朵聽到的跟實際上的有什麼差別。我雄心壯志，拿了一片自認可以聽懂六成以上的CD片專心聆聽，然而在自以為已掌握所有內容時，提筆寫出的句子竟像啃得不夠乾淨的玉米棒，東缺西缺，看起來有些可憐。試著回想CD播出的聲音，但缺的就是缺，空白依然空白，我的句子是湊不齊的拼圖，頂多能猜猜圖形為何，但看不到真貌。

不信邪，再試一次。CD再次播放，我全神貫注就怕遺漏任何聲音，尤其空白之處。CD內的對話愈來愈能理解，但詭異的是，缺塊的聲音卻還是空白，超乎我理解範圍。這經驗是一種震驚。繼續練習，如網上分享聽寫經驗的網友一般，五分鐘的小段落，可花上一小時，成果可能仍不是完整的段落、混亂的句子單詞，和自己都不知道是什麼的字母重組。這樣的「火星文」，如鏡照出真相，如果只能聽出殘缺句子，那開口也只能是殘缺句子，別人聽我說話時的皺眉表情也是難免，因書寫在紙上的證據，已說明我的意思堡壘不是堅固宮殿，而是殘垣殘壁。

為了捕捉這些消失的聲音，我經常覺得挫敗，對手是一個擋在眼前，卻見不著也無法穿越的事物；聲音著床不完整症候群，羨慕那些能用外語自由交流的人，最後也只能感嘆自己辨音、仿音的能力不如其他人，愈是練習，愈是發現自己的限度。在專注而徹底的聽寫過程裡，才理解過去的聽懂其實是一種假理解，抓到隻字片語，猜測意思，腦裡是母語的翻譯，等到開口回應，卻支吾無言。不能反述，腦袋裡的外語全被肢解。

在語言班上課時，我發現許多亞洲學生總是急急忙忙想升上更高級的班級，但是上課鮮少開口，聽不懂也說不清，一心只想更證明自己語言知識很高。這當然與我們過往的語言教育訓練有關，學校教育重視考試成績，語言只需理解與知道，熟練與運用是其次，我們被訓練得非常會解答，語言就是正確的選擇與填空，精巧地分析與背誦冷門單字，一切如坊間語言書籍標榜的，三個月說一口流利×文，所以要趕著往前，知道語言規則，就是語言程度了。

身在異鄉，才深深體會這是多麼自欺欺人的學習態度。我也曾這樣，學習了德文一個月後，急忙要升級，結果到了新班級，說不出也聽不懂，老師與我交流，我很堅持表示我都懂，也知文法規則，只需加強口語聽力而已。分組練習，我根本無法與一口流利德文的義大利同學交談，他也不知要如何幫彼此自我介紹，老師最後婉轉告知我必須再降一級，回到初級班。心裡有些難過，為何同樣的課程還要再上一次，但是說實在話，即使第二次，我仍無法自由交談。

比較起亞洲人，歐美人較會開口發言，一開口就是一串，甚至同樣是初級班，他們也能侃侃而談，不過，等到紙筆考試，亞洲學生總是能輕易得高分。我還記得一次與初級班上的日本同學一同參加考試，老師分發考卷給我們兩個時，瞪大雙眼，因為我們得了滿分。「上課時都不說話的兩個人，怎麼會知道答案呢？」我猜她心裡是這樣疑惑的。從小到大的考試，早練就考試技巧，甚至連題目都還沒有看完就知道答案，但這樣的滿分，也是假性，拿到卷子卻沒有什麼興奮的心情，畢竟開口說話並不是填空是非選擇題。

好友J是身邊少數沒出國，外文就學得有聲有色的朋友。每當我向他抱怨聽不懂，音發不出時，他總是說著多練習就好。但這樣的話說多了似乎也麻木，三個月一口流利××全成了幻夢，咒罵著出版社作者騙人。多半時候，他只是默默聽我說，直到一天才點破了我整個抱怨的盲點：「你真的學得徹底了嗎？你真的把這些聲音吃進去了嗎？如果要聽要說一百次才能熟練，你真的練了一百次了嗎？」

若說「聲音著床不完整症候群」是年紀使然，心情倒也釋懷，但「著床不完整」或許說明的是，這些聲音從沒在我的腦子裡真正生根，只是如那些滿分的卷子一般，一百分就是最後結論。總是急急忙忙往前走，以為可以達成短時間如母語人士的幻夢，最後落得沒有好好扎根——這似乎是普遍的語言學習的態度——我的書櫃上，博士論文專業研究書籍不是最多，反倒是語言書籍占了大半空間，看似我花了最多力氣在這上面，但是我到底好好讀完了幾本書，又好好跟了哪個學習計畫做到底了呢？往往只是遇到了障礙時，又趕緊上網去添購幾本語言書籍，似乎知道了新辦法，語言能力就增加了。知道，就是習得，不知不覺養就了這種氛圍。

學習都要徹底，這似乎是廢話，但在速食社會裡，徹底已成為一種奢侈與神話。做到底的人似乎是傻子。一段時間，我念起德文、英文有嚴重的障礙，只說了一個單詞就上氣不接下氣，念個字都困難。這些拼音文字，尤其是子音，都因為母語的習慣而被我自行刪減，覺得也沒啥差別。但學得徹底的J問我，你為什麼自行把別人的語言進行刪減，為什麼不好好地一個一個字一個一個音發出來，有那麼難嗎？

他問我，你為什麼對聲音有那麼多自我的態度，這不是只是個交談工具嗎？

一直到現在，我也無法回答這個問題。患上了「聲音著床不完整症候群」，似乎自己也要負點責任，因為選擇發一些音，卻不發另一些音，在這個自我喜好挑選的過程中，溝通出現了問題，又再次回頭怪自己不夠好。我想起以前去拜訪J，一到學習時間，J總是坐定書桌前，將外文單字一個一個念熟，重複幾十遍也不厭煩，他說，說話是沒有時間思考的，一定要熟練到不假思索便能脫口而出才行。J說起外文特別清楚，聲音著床完整，意思自然表達完整。

有時候，當我煩躁聲音啊語言啊等等事情，環顧四周，零亂的書桌似乎就是這不徹底態度的縮影。且不論桌底下堆滿的紙張書籍，不知道什麼時候，電視是德文節目，我卻上網開了美國廣播，手上是剛剛下載的德文新聞，上面還畫了重點，左邊堆起的書籍，有日文考試、英文托福等等。我朋友總笑我不是來讀博士，而是來念語言教學的，回過神來，才發覺這一切是那麼荒謬與不切實際，在面對語言學習的挫折上，我似乎看到了另一個，一直在生活中製造挫敗給自己的自己。

延宕的博士論文，如不著床的聲音，沒有具體進展。寫不出隻字片語的焦慮如影隨行，指導教授叮嚀我，每天寫一點，寫一點，這跟每天練一點外文，把聲音徹底固著，不是相同事情嗎？朋友說。我的做事態度即宣告了不著床的生活模式，即使用力積極，都不夠穩固，日日急急忙忙奔波，接了各種稿子，什麼事情都想嘗試，但是每到需更深一點，就止步觀望。在學術上，心裡不知為何總排斥更深入的討論，大家愈是熱烈討論某議題某理論，我愈感隔閡；生活上，與人談話到一個程度也不願再多說，我似乎是害怕多給一點什麼，又或者，是害怕多獲得一點什麼，只要躲在邊緣，就可以不用負責。不知從何時開始，我最常說的一句話就是「我不知道」，不知道久了，也不會有人來問我任何事，樂得輕鬆，但如此下來，我跟自己的生活卻出現一種若即若離的關係，彷彿是聲音和意義的空隙。如此不徹底的生活，到底是怎麼形成的，而我所思考的，是一個人能做到如何的徹底，或是要大膽去認清，接受做到徹底而失敗，也用不著自我否定。

語言學習說來可大可小，可依各種標準宣告自己的成功與失敗，但在跌跌撞撞之間，總會閃過什麼，看到那些隱藏在語言之下，跟自己人生更緊密關連的事物。平穩混亂思緒最好的良藥，就是緩緩地將一個又一個字發清楚；堆積如山的任務，無論逃避或是馬虎，最終還是要回頭面對那些沒有耐心處理的部分。J說，我說話一向這樣，即使中文也是跳躍，對方得替我理出脈絡才能理解，但溝通時若總是期待對方理解，還不如反過來，將理解掌控自己手中，一開口，控制聲音，不疾不徐說好。一件事情，一種聲音，人生可以切割成許多微小單位，毋須在瑣事上糾結。

當然，也有朋友也認為我反應過度，不過是語言學習，何必列出什麼大道理。然而，每個人都有自己在乎的事，在追求的過程中跌跌撞撞體悟了什麼，得知了什麼，意外地看到某個躲避的自己。因為寫作，對文字習於信任，但出了國後這些信任頓時瓦解，徹底體會到語言的無力，不如藝術科學等知識穿越國界。語言只能在自己的領域中發光發熱，出了界，全打回原形，不過是符號與聲音，更別說意義了。使用母語表達時，我們往往不自覺走向取巧，美麗外殼掩人耳目，不需深挖內心不確定或不觸碰的部分。但如今的我，失了美麗的外衣，在人前赤裸，這份赤裸不僅僅來自失語，更多是「原來我是這種性格」的發現。重新牙牙學語的階段，也重新省視／塑造自己的個性，我在想，每個語言都有其個性，在拚命學習外語的時候，是不是也習得了這語言的特質？德語所展現出來重規律的特性難道已被我內化？拼音文字裡那些對我來說一向神祕的字音，是否讓我體會到某種點到為止，卻不能不點的行為模式？

有時很慶幸自己的這樣多慮，但也許這才是罹患「聲音著床不完整症候群」的主因，逼我反思那些就算買盡坊間語言學習書籍也化解不開的謎，專屬個人的。無論是學習的挫折，生活的不順，背後似乎有一個道理，可以解釋所有不安的情緒。靠語言文字工作，要這樣的我正視自己在這方面的缺陷，並不容易，承認即是一種棄械投降，最後下場可能是要退出江湖。但若不棄械，又如何重練新的武功呢？與其自我安慰「如果說慢一點就能懂」、「如果我早一點學就好」、「如果用字不難我也能懂」，這些藉口不就是給著床不完整的聲音一張溫床嗎？等藉口，使事情變得簡單，還不如一點一點，不慌不忙，將那些聲音文字，好好種進自己的腦袋，等著它發芽茁壯。生活如是。

至今我仍持續做著聽寫練習，專心聽著寫出一字一句的過程。我尤其喜歡德文特好的朋友L教我的方法，每當發音困難，就把手邊文章依照音節一個一個畫開，複雜的文字頓時變成簡單聲音集合體，然後將一個一個音節念得自在，如同扎入一株一株幼苗。L總鼓勵我，將每個音節說清楚之後，別人完全沒有理解上的問題，而自己，因為清楚所說的，便少了不確定的心虛。因此，我的書頁總是特別凌亂，那長短不一，穿插在字母間的鉛筆線條，乍看阻擋理解，其實是讓聲音著床的一種提醒。漸漸地，生活似乎也被我慢慢畫上數條無形的線，我只需一步一步執行，將容易流於不滿與無力的部分，切割成一個一個足以簡單處理的單位。

現在，我不求各種方法，堆積琳瑯滿目的學習書籍，只要做得徹底，等著那些扎根的幼虎，最終還是要回頭面對那些沒有耐心處理的部分」、要「做得徹底」，從學習德語，吳億偉最終了解的是，自己內在長久以來重複的惰性與疏忽。曾經以為能輕輕閃過、不需直面的軟弱，原來並不是遠渡重洋或是置身於更高更好的位置，就能無痛升級。

謝謝吳億偉總是願意為我們說一個有痛的故事。從《國民散文讀本》裡的〈軟磚頭〉，到〈聲音著床不完整症候群〉，作者由困居島上的勞動者之子，到遠赴德國追求知識，外在的生命際遇不同，然而不變的，仍是寫作者那顆願意自剖的樸實之心。

吳億偉，一九七八年生。台北藝術大學戲劇碩士。曾任《自由時報》副刊文字編輯，現為海德堡大學歐亞跨文化研究所與漢學系博士班學生。曾入圍台灣文學獎金典獎、金鼎獎及台北國際書展大獎決選，並獲中國時報開卷好書獎。著有散文集《努力工作：我的家族勞動》、《機車生活》等。

夏日閒人

張讓

無雲的晴天。

睡到八點多起床。慢慢吃過早飯，瀏覽過《紐約時報》。漫步到後院，林蔭裡篩下來一點陽光，空氣清涼，鳥聲不絕。擦淨玻璃桌面，由屋內端茶搬書出來，面林坐下。沒事橫在前面，是個清閒的日子。

說沒事，不真沒事。說清閒，也不真清閒。要不顧一切，遏止盲目奔走的衝動，才能讓自己停下、靠岸，像「古木蔭中繫短篷」裡的那條舟。那舟主人不但停泊，而且上岸，拄枴杖過了橋。底下兩句「沾衣欲溼杏花雨，吹面不寒楊柳風」，初中時學到並不能領會，但看得見那景致。安閒的景致，楊柳、杏花、明月、小橋、流水，都是詩詞裡停駐時間的意象，時間凝止於一點，然後逐漸渲染、擴散，直到沖淡、消失。那靜止中有永恆。而靜止幾乎過時了，如安閒瀕近絕種。

停靠於現在，或者存在於此時此刻，是最難的事。匆忙的意思，是追趕未來，讓未來取消現在。現在本來是個尷尬的概念。嚴格說來，現在從不存在。當意識認知到「現在」這一刻，它已成過去。意念表達原本在捕捉過去予以重現，藝術本質上實是與時間拔河。中文裡時間概念模糊，現在與否不是問題。英文裡便很明顯，每句話都必須表明時式，人與事定在一個清楚的時間點上，過去、現在、未來、完成或未完成，不容含混。而事情不是已經發生就是正在發生，英文裡的現在式因此備用成分居多，除了格言或真理，難得用到。全用現在式寫的小說便很搶眼，那種當即之感格外強，好似新發明。

「現在」在英文裡的尷尬，遠比不上現實生活裡的不堪。農業時代，人隨自然作息，緩慢規律，以日月季節來衡量，時間尺度比較寬。十八世紀工業革命以後，機器加速生產，工作走出家庭和工坊，時間脫離了土地。火車、汽車、電話、飛機進入生活，時間起飛，人人駕鐘錶上那支不停的秒針轉動。二十世紀電腦革命將時間尺度縮小到電子單位，資訊傳遞的速度儼然成為標準，一切模擬聲光化電，而且萬箭齊發。專心一志不再是美德，現代人無法分身但可一心三四用，一個腦袋框成許多格，電腦信息頃刻收發，電視兩個畫面（電影《時間密碼》四格畫面）並行，說話快如放槍，走路有如逃命。時間不但分裂，可說炸得粉碎。

沈復《浮生六記》裡寫靜室焚香：「在爐上設一銅絲架，離火半寸許，徐徐烘之……」現代誰有那閒情？我想了半天，才記起中文裡悠閒、清閒、閒暇、閒散、閒適這些詞。宋詩裡有一首：「雲淡風輕近午天，傍花隨柳近前川。時人不識余心樂，將謂偷閒學少年。」那種「偷閒」，在一分鐘要做十分鐘事沒時間吃飯睡覺度假工作不分的現代簡直天真。對神經繃緊的現代人來說，工作已經竊取生活，閒不但失去了地位，更失去了意義——「閒」是現代恐龍，占據太大體積。資本主義凌駕全球，而清教徒的工作倫理統治一切：神是工作，閒是罪惡。在瘋狂追趕的現代，閒被驅逐出境。字典裡，「閒」字的解釋應該附加一項：古語，現已不用。

我不是工作狂，但時時為工作驅趕，彷彿追兵在後，不能鬆弛。腦袋裡多少機關輪軸轉個不停，恨不能有孫悟空的分身術。「閒」字變成和英文裡的現在式一樣，幾乎備而不用。因此讀到朋友信上說：「你過的是神仙日子。」我不禁一愣。是嗎？我每天如陶侃搬磚搬運文字，腦中千軍萬馬仍來不及追趕流星意念，加上嗜讀積書成塔，加上避不了的家常瑣碎，加上不斷滋生的意外雜務，加上厭煩和疲倦，簡直在時間的夾縫中掙脫不出，哪算神仙日子？神仙應凌駕時間之上，浮游於時間之外，以永恆為單位，哪裡須在雞零狗碎中汲汲營營灰頭土臉？神仙不會苦於「長恨此身非我有」，覺得自己是生活榨餘的渣滓。

所以後院看書狀似悠閒，其實不過是把書房換到外面而已。搬出來的書不是一本兩本，而是一疊。外貌從容心裡卻急，蹤躍幾本書間，恨不能一覽而無遺，最好能大袖一籠，乾坤被我收得乾乾淨淨。古今中外神話裡，中國人的袖裡乾坤最讓我神往。西王母的仙丹，民間故事裡的聚寶盆，阿拉丁的神燈，哈利波特的魔杖都比不上可籠日月山川的一隻大袖。我沒那袖裡乾坤，凡夫俗子只能老老實實一字不苟地慢慢讀。事實上再如何跳躍，好書只能逐行逐字細讀，生吞活剝是騙人的。且不只是讀，邊讀要邊想，有時還得做筆記。讀書不是消遣，而是工作，讀書曾是悠閒的事，當世界沸沸嗡嗡如無頭蒼蠅，獨在房裡看書是多愉快的事！即使到現在，我仍覺得萬事拋下一書在手是最大享受。不過這享受已經不復以前單純：讀書是工作，我喜歡的工作。我總在讀書，旁人也許以為我在休息消遣，其實我在工作。在後院工作，不過添加了情趣。在樹影和鳥聲裡，我幾乎覺得在度假。

確實，愉快的工作和度假有什麼不同？我曾寫過人可以在一個定點旅行，度假不過是一種心境。後院讀書雖然愉快，但那「必須完成」的壓力始終在，不像度假的無重心境。偶爾，不經意間，彷彿雲破天青，工作的重力忽然卸去，閒的心境悄然降臨。譬如我在前院種花，風雨欲來，落葉驚走枝頭颯颯作響，天一下暗得驚人，飛砂走石儼然龍捲風將至。小箏騎腳踏車兜轉回來，指給我看天邊的雲。我急忙進屋拿了相機，攝下那靛青雨雲覆蓋的奇異天光。雨很快打了下來，我們進屋看雨。我忽然有回到台灣的錯覺，好像在四樓公寓家裡看大雨直落而下，回到那時間逼壓之前的年代。去年在台北和朋友約在茶館見面，我先到，選了前面靠窗坐，茶香裡聽大雨急打在玻璃天窗上，在歌樓、客舟和僧廬外，增添上鬧市聽雨的境界。我記得坐在那裡，神馳了。

我想做個閒散的人，但內在一點迷茫的想望使我去追逐文字，不鍥不捨。我極力想挽回閒的意境，想在時間的斷壁殘垣裡挽救失去的神廟與劇場。我想要放鬆自己，提醒自己不必時時枕戈待旦分秒必爭，不必總要征服世界。暑假開始，我終於走出書房到荒廢兩年的院裡拔草種花。有一天，和妹妹出去吃了頓長長的午飯。一個週末傍晚，我們全家到紐約中央公園聽一組阿爾及利亞樂團的戶外音樂會。鋪了大毛巾坐在草地上，四周高樹參差蒼鬱，略悶，微微有風，光緩緩暗下來，神祕充滿生命悸動的音樂和歌聲帶來香料與駱駝、面紗與手鐲、流浪與征服、信仰與感官的想像。另一個週末我們到麻州西部柏克夏去玩，再一個週末我們到不遠的海邊小鎮去……我們應該多一點歡樂，多一點閒情，我們告訴自己。

於是我和小箏坐在後院，桌上攤著書，環視秋海棠和紫羅蘭盆栽，微風吹動樹梢，松鼠跑來跑去，蟬鳴陣陣，鳥忽然起落。在美好的景物裡，時間似乎安詳擴張。我好像有許多時間，緩緩由指間滴漏。不要問我現在什麼時候，不要問我成就了什麼，現在是夏天早晨、黃昏、晚上，是樹下、海邊、電影院、咖啡館，是烏龍茶和綠豆沙、葡萄酒和迷迭香，是隨風消散的時光。暫時，我停駐現在，與天地草木鳥獸詩歌哲學同在。我不急於往哪裡去。

——選自《急凍的瞬間》，大田

林語堂在《生活的藝術》裡曾經比較兩種生活方式：美國人是聞名的偉大的勞碌者，中國人是聞名的偉大的悠閒者。書中提到社會哲學的最高目標，即是讓每個人可以過上幸福的日子。在他筆下，過分期望事業成功，過分講求效率，過分守時，「似乎是美國人的三大惡習」。一九三七年出版的《生活的藝術》，至今讀來仍然新鮮有趣。那種對幸福的提問、對悠閒的渴慕，不時照亮我缺乏閒情的生活。

張讓這篇〈夏日閒人〉談的是「現在」，她說這是一個尷尬的概念，「現在從不存在」。當「資本主義凌駕全球，清教徒的工作倫理統治一切」，忙裡偷閒如何可能？談論閒散的人、閒散的生活樣態，張讓並不強加定義，而是描述自己感受到的情境。張讓的文章特色是：思考總是層層翻轉，只要問句一出，文章立刻生起波瀾。一般人慣把忙與閒拿來對比，但張讓要問：「愉快的工作和度假有什麼不同？」我喜歡文章最後呈現的狀態：「在美好的景物裡，時間似乎安詳擴張。」停駐於現在，能夠想著「我不急於往哪裡去」，大概就是真正的閒適自在了。

張讓，當代散文家、小說家。曾獲首屆《聯合文學》中篇小說新人獎、聯合報長篇小說推薦獎、中國時報散文獎。現定居美國加州。著有短篇小說集《並不很久以前》、《我的兩個太太》、《不要送我玫瑰花》等；長篇小說《迴旋》；散文集《當風吹過想像的平原》、《斷水的人》、《時光幾何》、《剎那之眼》、《空間流》、《急凍的瞬間》、《旅人的眼睛》、《如果有人問我世界是什麼形狀》等；兒童傳記《邱吉爾》；並譯有童書《爸爸真棒》、小說集《初戀異想》、《感情遊戲》、《出走》和非小說《人在廢墟》、《一路兩個人》。

在車上

言叔夏

有一日，沿著中港路，車子的廣播忽然流出了陳昇的歌。電台裡有一個低沉的男聲，他說，秋天到了就適合聽陳昇了。我沒有停下車子，在原本要去的地方，輕易地擦過，將路開到了一首歌的盡頭。說來可笑，在這座城裡其實沒有什麼我真正要去的地方。沒有課的白日，我經常一個人開著車，沿著這樣一條筆直的路進城，穿越高架橋底下的涵洞。進城的路上，這樣接續而來的涵洞總共有三個。它們底下的陰影把我摩擦成一隻光影交錯的斑馬，和其他的斑馬放馳在這理應加速的道途上。也許我該問的是能而不是要：在一座不知該以陌生抑或熟悉待之的城市裡，沿著一首往日的歌，我能將一部小車開到什麼地方去？白日裡我在邊郊的超市買菜，提衛生紙，抱回貓砂與糧食。在煞車板與油門的縫隙間，忽然想起了很久以前在北方的城市，為了聽完耳機裡的一首歌，而在恍惚間坐過了一兩個捷運站的事。

中港路其實已不叫作中港路了。在我搬進這座城的時候。它早我先認識它一步地被改換了名字，成為了另一條路。如同淡水線倏忽轉了彎，移花接木地。某天以後，某些必然的抵達忽然失效。比如有一天醒來，我就忽然醒在這島上中央的城市。離什麼地方都近，離什麼年紀都遠。

不開車出門的日子，我亦曾拿著北城寄居時買的悠遊卡，在島一樣的公車站上車。十公里免費。再十公里免費。膠水一樣地把那些截了頭的短路黏接在一起。三十歲以後從頭認識一座陌生的城，和在這個年紀重新結識朋友一樣地困難。心與皮膚老而堅硬，指尖的指爪細長鋒銳，而所有的感官竟都是破碎。常常，我在一公車不斷繞路後的某地站牌下了車，往前與往後，皆是再尋常不過的街市風景。這裡是什麼地方？我無法辨識眼前的風景與過往居住過的任一城市之差異。它們皮膚一樣地覆蓋在我的表層，幾乎只是一張被褥。

後來某日，我就忽然理解那半透明狀的薄膜所為何來了。沒有傷口的地方，沒有種植。終沒有一棵自己的樹來遮蔽自己的影子。心室若是輕斜地偏移，日晷一樣地，一公里也是異鄉人。

●

搬到了此城才開始學車。如同搬到花蓮才開始真的寫字。往往一種技藝來自一種命運，一種命運則決定了心底寄居的一座城池。我常想人與一座城的關係往往來自某種偶然。而成年以後搬遷的地方，便因此像是繼母一樣的存在物。某段時光逝去，你不得不被催逼著跋涉一段路程去抵達另一座城；租屋，購買簡便（而易於裝箱或拋棄的）家具，熟習新的通勤道路。這些寄居的城市個個都像是某種託孤。生活所剩的餘裕，皆耗在和解。二十二歲我剛踏進台北時，也有過那樣一個多雨而尖銳的繼母。冬季盆底的水氣陰溼浸骨。東北季風刮人臉面。我與她共同居住在一個屋簷下，有時被她殺死，有時我殺死了她。

內殘自毀的日子畢竟屬於二十世代，過不去的日子亦是。但過著過著，竟真的過去了。搬離北城時我想，我永遠也不會喜歡這座城市，如同世上長久並存的許多關係：並不喜歡，只是習慣而已。而今我搬進中部的這座城市，竟已跨越了那條三島由紀夫緯度，在日復一日的重複中洗滌著一條又一條的日子，緩慢學習在一篇文章裡安置此地的名字。往往人用寫作去指稱故鄉甚或一個陌生的他方是一件相對容易的事，但要指稱自己繼母的名字卻需要長久的練習。每每在新的城市裡我自介：「我住在……」「我是……人。」都有一種害怕被誰拆穿的罪惡感。日常話語掩蔽了那些遷徙的路徑。像是日日浮在這座城上三英哩處，假裝腳踏實地的生活，忽而竟也理解「汗毛豎立」四字是一種什麼樣安靜且無聲的意思。因為每根毛都沒有緊貼著皮膚，哪裡都可以生活，卻也哪裡都沒有活過。

此地其實待我不薄。秋日的日光涼薄如蟬翼，抵達沙鹿前的海線斜坡，整個下午就有了那種芒草的金黃。冬日高曠，坡上的電塔孤獨而荒涼，冷高壓的線軸壓花般地壓過了天空，多的是乾燥花般低垂懸吊的日子。春夜多霧，有時在一條暗夜的路上，我開車爬上了大度山的坡。山路低緩，開著開著竟忽而身陷五里霧中。擋風玻璃霎時一片朦白，只剩下遠方霧裡的車燈，一明一滅地，像在夜路上忽遇見了一隻打著燈籠的白狐，被牠的尾巴摩挲了臉頰。

●

但我其實已離作為一女兒的時期甚遠了。

結婚的時候，迎娶的飯店訂在梧棲港旁，一個面海的房間。港邊起重機的燈光終夜明滅。我幾乎要以為這是在異國的某城了。海濱碼頭空曠無人。這就是我某日老死埋骨的城嗎？旁人說拜別儀式時應該要哭，或許正因為這「應該」二字，在眾目睽睽的企盼之下，我竟哭不出來，甚至有點想笑的氛圍。像小學時被點到回答問題時的尷尬氣氛，既說不出是也說不出不是。其實我應該像個成人，說些什麼來結束這回合，畢竟沒有人想被懸吊在那裡。成人的意思是：要盡量讓別人感到舒服。最終是成人的母親出聲解了圍：算了吧。免這功夫。以後你就是台中人了。

母親不會知道，在許多時間的節點上，往前與往後，我總是無話可說。丟掉扇子。潑一盆水。踩踏火爐。踏過火爐的時候我曾幻想那白紗的裙尾會不會就此燒了起來，擾亂程序，延遲儀式，所有人驚恐一遭。我應許會在心底哈哈大笑。年輕時我在張惠菁的小說裡讀到，出嫁的新娘從禮車裡丟出去的扇子正恰好打中了一隻貓。忘了那貓後來是不是搖搖晃晃地站起來，抑或就此昏死了過去。所有的敘事原來都為了繞路。

而大度山的這一邊，其實是難以繞路的。路熟了以後我才知道出了國道涵洞往東海方向的中港路是一條極逼仄的路。每日有通勤的人從城裡出來工作，從城外進城上學。路的兩旁看似分支甚細，都是逃避與繞路的洞口，然而細路多歧，盡頭不是永無終止的綿密巷弄，便多半是戛然而止的死路。我曾想過避開中港路下班時間的尖峰車潮，將車子打彎開進了工業區裡的產業道路。殊不知廠區裡的道路星羅棋布，根本無限延伸的歧路花園。天黑下來，我卻還在路上打轉，找不到通向聯外道路的方向。路旁是中南部工業區裡隨處可見的大排水溝渠，水聲嘩啦嘩啦作響，櫛比鱗次的低矮廠房一座接連著一座。偶爾有幾個大眼睛的外籍勞工停下腳踏車來注視著你。他們的眼睛閃爍著困惑的星芒。這裡是哪裡呢？我究竟把車開到了一個什麼樣的地方？很奇怪地，是在那樣一個日常生活的化外之地，沒有遊客，沒有在地的人。我第一次隱約地想起，這裡是一個叫作「台中」的地方。

不塞車的日子，從校門離開。只有中港路能抵達中港路。這一次，開車的是J。

我問他，大度山究竟在什麼地方？為什麼沒有人告訴我它明確的場所？J偏著頭想了想，說，這裡就是大度山吧。或許，我們住的地方，就在大度山裡。

但是我們從城裡回來，走同一條路，筆直地爬到高處。這條路兩側的高樓幾無變化。一點也沒有上山的感覺。我說，我們真的在山上了嗎？為什麼路沒有轉彎？地理課本上說，世上所有的山路，都是蛇一樣地盤著山往上爬。

山腳就是這座城的脖子。每次，車到了國道的高架橋下，我都會想，啊，這裡是肩膀，緊接著是脖子。過了朝陽橋，慢慢抵達城的唇。城之心。開車的時候，真像是接吻。四腳輪子滾著滾上了城的臉。即使是陌生人，親吻幾次，可能也會產生愛吧？這真是一個過於浪漫的想像。仔細一想，親吻幾次而產生的愛，哪裡浪漫？真正的浪漫是一條一去不回頭的路，一見鍾情，所以無須回返。仔細想來，那日日壓輾過大度山的中港路其實是一條坐三奔四的路。蘋果皮般的下山方式畢竟是屬於高山的。被中港路劃過的城郊的矮山，只能是電剃刀般地在腦勺上推延著，推延著，終劃過了整片山坡的植被。所謂前中年的一種風塵僕僕，大抵如此。

——選自《聯合報》副刊，二〇一七年六月二十日

●———○ 筆記／范宜如

〈在車上〉談城市的移動與觀看，詮釋人與城的關係。以一個練習者的位置（「我是……人」）觀看台中，將最平常的事物寫成人生的永恆課題，將最複雜的情感簡化成日常，輕輕敲擊人生的沉重。

「不」後面的世界最大。散文中不時出現「我該問的是能而不是要」「在一個不知該以陌生抑或熟悉待之的城市裡」，這些「不知」與「不是」旋轉出迷人的世界，有共鳴，但非常隱密，難以分析。的確，閱讀言叔夏的散文，如果用分析的角度來閱讀，就少了進入祕境迷宮的思索與情懷。若要仔細分析，散文中的意象是她埋伏的地洞，折射出另一個出口。誰能以斑馬與白狐，繼母形容城市？大江健三郎解釋《人生的親戚》的書名由來曾說：「某一種悲傷，讓人非常為難。卻無法將其從自己身上割去，有點像麻煩的親戚。」而言叔夏以「多雨而尖銳的繼母」來形容住居過的台北，如此精準犀利，讓人為難而轉身困難。不以細筆寫自己在台北、花蓮、台中生活的種種，卻在文字的挪移與感性配置中看見了銳利的城市感覺。黃錦樹說「那夏宇式的聯想，瞪羚似的跳躍，是一種文體練習。」的確點出了書寫者的黃金之心。

「離什麼地方都近，離什麼年紀都遠」，微微的感傷，倔強的抵抗，「在車上」不就是這種面

對時間的隱喻？

言叔夏，一九八二年生。本名劉淑貞，台灣高雄人。東華大學中文系、政治大學中文所博士。現為東海大學中文系專任助理教授。創作以散文為主，散文語言如詩，畫面瀰漫濃厚電影感，擅長將現實寄託於恍惚曖昧的想像中，書寫生活裡種種傷痕與失落。曾獲花蓮文學獎、台北文學獎、全國學生文學獎、林榮三文學獎等。著有散文集《白馬走過天亮》。

低山行走

柯裕棻

去夏以來我陸續走了幾座低山。山呢是真的低，海拔不滿千，遠不及一隻金翼白眉的棲息線。

台北近郊的低山是有路有人家的，入山口或者在市公車最荒遠的支線終點，或者在數字與名稱都冷僻的小巴沿線。有些山路是林木繁盛的郊道，暑熱昏沉，葉隙日光像一枚枚荒唐的散魂符，豔陽天裡越曬越怔忡，午後一遭狂暴的夕曝雨，它就溼涼像滅了的篝火。晴雨有時，榮枯有時，山中居民大概不曾有什麼興旺的期待，即使有，後來總為這樣那樣的原因落空了。這些不曾炙燃的夢想，我輩路人只得其理難得其情，看不出來的。

我經常在山徑上毫無預謀的踅踅蹭蹭，感覺累就隨意下山了，沒有攻頂的執著。走低山無須毅力，不考驗不挑戰，真心友善。我像個鄉民一樣棲遲聽天，循路慢走，一路上草木鳥獸大抵不認識。多走幾次，看多了草葉深淺與枝椏高低、蟲鳥飛翔的翅翼，聽慣山林深處的鳴叫，雖說不出名字也覺得熟。一日，半途忽遇長尾藍鳥成群亂飛，青羽璀璨，朱喙鮮麗。青鳥自古為信使，牠們如此光彩奪目，攜來的訊息大抵也是輝煌的吧（否則如此光芒萬丈地捎來厄訊叫人如何是好）？停看許久，忽然恍悟，哎這就是台灣藍鵲，突然有半路認親的熟絡。

山上的日子比城裡長，越往上走，路越荒仄，綠蔭濃，時間就長。山氣浩蕩雲彩盛大，因此朝日和夕陽比城裡煦美，夜也比城裡墨黑。山陽人家黎明開門就是一碧如洗的青空，整日直面最高昂的日光和最濃烈的群青色。山陰也青空，只是澀淡些，一切都降半階。近黃昏時天高雲淡，遠遠近近山寺一齊鳴鐘，聲波沿山稜等高線盪，盪，盪遠，千里一音，從山頭到山頭。

當今時世，我不知道還有人力獨為的聲響能這樣鏗亮遼遠。

對山我充滿崇敬，即使是郊區低山也不敢怠慢。雖沒聽過誰在郊山迷路，我還是隨身帶著山區路線圖。山上的歧路雖不比人生曲折，一旦發現錯了，你得老實停下來認錯，不能任意猜測或意氣用事。山野既亙古又無常，與之賭氣或賭命那真是一錯就地老天荒。不論走的是山野或江湖，這道理是一樣的險。幸而山野雖無情卻也比人世仁慈，我每次都能回頭，重新思索是誤在哪個岔口上。

我特別喜歡兩山之間叫做「鞍部」的緩坡，不只因為它和緩易行，視野朗闊，還因為鞍部像一道上弦月弧，迢迢連結兩山，像個明白爽快的允諾，輕易就許你一個峰頂。鞍部風高急，山風是一條愉快的龍，天青琉璃色，忽幽忽明長尾巴，從天際呼歘呼歘飛過，猛烈而迅捷，穿林打葉，群樹閃爍搖擺，又旋即密合，光的鱗片沿途灑落溼冷的野菇苔蘚上，倏忽消失。野地大風吃久了人容易疲憊恍惚，像是被這龍的翅鰭給刮得魂飛魄散了。

我曾跟著小隊攀過需緣繩而上的陡坡。明明山的另一面就是眉目整齊的郊道，我們偏偏四肢陷在陡面泥濘的岩縫裡，蟲子似的閃躲爬行於蕨類和藤蔓的根鬚之間。那次下山太晚，入夜後摸黑緩行，步步驚心，終於出了林子。見郊道路燈明亮，柏油舒坦，馬路分隔線筆直潔白，蛾子飛，夜蛙鳴，太平文明。眾人一身泥，輯屨貿貿，恍若穿越遠古洪荒而來。這小隊也曾走過冬日山徑，半山上忽遇滂沱大雨，大家只得尋個廢棚烤火以免失溫。火光使人愉快並且樸野，山雨嘩嘩眾人圍坐，吃糕喝茶，不知天下有廣廈隩室。

我們也曾在盛夏裡走鬱不見光的無路密林。整座森林溼澪澪，綠得濃潤犀媚，暗處各種聲響，越清晰就越寂靜。我們溯溪澗而上，澗水像綠寶石化的，琳琅閃耀，看得人都成了青眼貓。沿澗青苔茸密，黑泥厚軟，像踩著小獸的腹部。這種密林有無數的幽微蹊徑，虛虛實實亂絲紛錯，覆滿整座林子，也不知是採筍人隨意走出來的，或是狐狸布下的詭陣。

跟著小隊我總是滿心歉意地拖累隊伍。一來是體力，二是膽小。登山是體力活，沒有堅韌的體質還真不行。陡坡上彳亍前行，喘得上氣已是萬幸，沿途盡是蒙塵吃土的卑微時刻。拼得半路一身塵與土，到了頂上都有山鬼貌，且還泡在自己的溼汗裡。而我有多膽小呢？僅僅一張斑駁的「山區毒蛇出沒請注意」告示牌就足以讓我舉步艱難，這類無具體資訊的警示經常設在入山口，專嚇唬我這種意志與體能都如薄如秋草的人。

通常我未達半山就疲得無暇他顧，毫無餘裕細看風景殊勝。一路一心緊盯著眼前的方寸之地，每一步都只有崎嶇與負荷。我不再想任何事，人世言語幻術隨著體力消耗褪盡，我回到物的蒙昧狀態，只是無智識地張望，警醒又盲目。再驚奇的鬼斧神工我看去都是荒野異地，絕路險境。人身孤微，雙手雙腳展及不過三尺。所謂意志僅是這咫尺之內的掙扎和喘息。所謂本能是不特別執著什麼，也不放棄什麼。微塵草芥，朝菌蟪蛄，本性狐者還為狐，猿者恆猿，若有枝椏就飲露生長，若有獸足便疾奔向前，若有羽翼就翺翔上天。

如此昏茫上山頭，喘過氣，回神一看，天地山川雲海日光逼面而來，忽然耳聰目明，還魂為人。在峰頂，無限是可見與不可見的有形聚合，它不是技術創造的抽象思維，不是精神概念或思想。它是物質，無法窮盡指認辨明，起伏跌宕，參差錯落的一切物。運算器的位元或宇宙星辰之廣邈是不可觸及的無限，然而此處你確實能觸摸雲霧和光，草葉與風，它們是無限的物質型態具現於一。他們是一切物的原型正如同我也是。

說得這麼玄，不過是郊區低山而已，海拔還不滿千。

初秋我搭公車上擎天崗，魚路古道芒花瑟瑟。這一帶山勢雖緩，可北迎海氣，陰晴不定，午後易起大霧。抵達山頭已經過午，到金包里大路城門時天轉陰，暗雲壓山，齊肩高的芒草小徑走起來有斷腸天涯之感。這天遊客不少，我避著閃著走一條沒人的草徑，徑越走越窄草越長越高。終於迎面兩三人擦肩行過，問他們從哪過來的，他們也說不清，只說前路失修，有點險，雖可以繞道，但下坡已經起霧了。我只好隨他們折返。即使是公車可達的郊山也由不得人逞強，萬一在濃霧芒草裡走岔了，沒個三小時一樣出不來。

折返後我沿石板道漫走，在一處半圓休憩區坐下。天色昏暗看似要雨，一小時前還是喧鬧豔陽天，現在一車一車的人腳不沾地的走了。

所謂陰晴不定就是這麼回事，疾風雖厲，雨卻沒下來，風捲殘雲破了一處，霧金陽光如神諭般降下，撫及之物，草木頑石，都有了短暫的聖潔。我看見一個形貌混沌的人從遠方草叢歪斜走來，說混沌因為他看上去簡直脫盡人形要垮散了，他的肩胛脊梁乃至於渾身姿態搖晃前傾，帽緣衣角甚至身上的每一條繩帶都露出沉重不堪的疲色，一步一墜。但是他氣勢盛大，呼吸磅礴，身上汗氣蒸騰，彷彿拖曳群山而來。

他漫漶得無法辨識年紀，幾百里的塵土蓬蓬籠著他。我想必神色駭異，他友善地略作停頓，說從某某處來的。

我雖不知他說的地點，那弦外之音的自豪還是懂的。問他走了多久，他說，七小時。好久啊，七小時。我說。這話暴露了我對他的偉業毫無所知。他失望地說，非常快了，一般人要走更久。他遙指雲濤洶湧的山巔，那裡，是從那裡走來的。

我實在不知該看哪裡，遠方綿延台北盆地諸山，一勾一落沒有盡頭，每座山頂都可能是他的起點。一般時候我這種無知微不足道，轉眼相忘於江湖。然而在七小時的苦行之後，他這一天不太走運，遇上見證者昏聵如我，我再怎麼稱佩也顯得言不由衷。他又繼續走了，連我的愚昧和歉意一起揹負，看起來更累了。

後來深秋某日，我在山上獨遇竹林攔路橫躺，想是不久前的風雨打的。我原想橫跨過去，然而竹林即使橫著也還是枝葉森羅，凌亂更甚，我怕那裡面也許窩著蟲虺，遲疑再三，只得折返從另條小路繞道。豈知這一繞竟岔了半個山腰，從山陽走到山陰，走成一道日晷的影子。我低估橫生枝節的山路了。而且，不是每條路上都有山區小巴的。

如此曲路莽行，雖偶有人家，但門戶頹圮，鐵門與冷氣的鋼架鏽蝕，沿屋植栽多已雜亂各謀出路，窗玻璃破了也不修補，蕭索彷彿主人離開時的心境。我心黯淡又著急，地圖上看起來只是幾個小彎，走起來卻又遠又沉。

山裡日頭一滅，氣溫陡降，下午曬出來的汗現在冰霜一樣裹著，骨子發寒，我開始奔跑。路燈亮了，星辰離離。我終於走到山區小巴站，附近有個小鋪門懸霜淇淋布旗，望進去卻有一桌人在吃晚餐，炒菜油亮青翠、燉肉、蔥煎蛋和燜白苦瓜。香得我發餓。我問坐門邊的小姐，你們也賣餐嗎？她說，這是我們自己晚飯啦。又問，你自底位行來？

我遙指藍得黑青的山路說，那裡吧。其實我自己也不清楚。

我大概一臉苦冷，他們笑問，作夥吃否？加一雙箸爾。

僅僅離城四十分鐘車程，人情已有田舍古風，我差點就要坐下了。但公車的明燈從蜿蜒暗路彼端駛來，晃如炬火，盼了一下午，偏偏來得不合時宜。我向這家人道謝，匆匆跳上車。夜路黑，路燈彼此隔得遠遠的，愛莫能助，獨自明滅道旁。一會兒就回到山下了。

——選自《自由時報》副刊，二〇一七年四月三日

●————○ **筆記／徐孟芳**

就是拒絕腳不沾地的方式，柯裕棻在近郊低山，把可以在小型巴士冷氣中安適穩妥倏忽帶過的浮影，一步一步揮汗確實履及，刻意抗拒輕易。作家指認山徑中，光的鱗片、濃烈的群青色、長尾藍鳥青羽璀璨朱喙鮮麗。而這只是爬山嗎？更是人生的隱喻。

文字功力如將山色靜景以精準詞彙表現，同樣是「綠」，山陰是淡青：「青空，但澀淡些」，一切都降半階」，澗水是亮綠：「綠寶石化的，琳瑯閃耀，看得人都成了青眼貓」，但更深刻的是心理詮釋，山行時人聲俱寂，作家在參與的同時又彷彿退一步審視般敏銳辨認一切。關於認路：「你得老實停下來認錯，不能任意猜測或意氣用事」、登頂前的苦行：「人世言語幻術隨著體力消耗褪

盡，我回到物的蒙昧狀態」、終於登頂：「然而此處你確實能觸摸雲霧和光，草葉與風，它們是無限的物質型態具現於一。他們是一切物的原型正如同我也是」。

作家由《青春無法歸類》中的昂揚明銳，至《洪荒三疊》、《浮生草》中的凝鍊清澄，時光如河，卻不曾漂淡鬆散她，我一再讀到她對人事世情的凝視，深深地，而訴諸於文時琢磨節制，如同邦迪亞上校沉默但專注地打造他的小金魚。她說山寺鐘聲「當今時世，我不知道還有人力獨為的聲響能這樣鏗亮遼遠。」而今作家也一字一聲敲打在讀者的心上：「遢，遢，遢遠，千里一音」。

柯裕棻，一九六八年生，台灣台東縣人。美國威斯康辛大學麥迪遜分校大眾傳播藝術博士，曾任教於世新大學公共傳播系，現為政治大學新聞學系副教授。曾獲時報文學獎、華航旅行文學獎、台北文學獎等。

著有散文集《青春無法歸類》、《恍惚的慢板》、《甜美的剎那》、《浮生草》、《洪荒三疊》；小說集《冰箱》；編有對談錄《批判的連結》。

天上人間

劉崇鳳

1.

我坐在板凳上，用牙刷細細清理登山鞋。

水沖下來了，泥沙順著水流滾出，散落在浴室地板上，小窗戶讓浴室顯得昏暗，混著水泥地的顏色怎麼看不清。

登山鞋包覆半個月的腳，溼了又乾乾了又溼，而今徒留一股奇怪的氣味，在認識這個味道以前，你根本無暇仔細端詳它。

反覆搓洗襪子，咖啡色的泡沫拱起行走的記憶，慢慢地襪子就露出了原色。接著是護膝、綁腿，這些共同保護著腳向前走的物件，我坐在那裡，任某股奇異的臭味飄散，混著肥皂水的清香。我看見某些畫面，突然不希望這股臭味就這麼被洗潔劑帶走。

山的味道，是身體和土地在一起的證明。

這味道不好聞，無能持久也沒有人喜歡，但我們對它有種悲慘的眷戀，像一個在心底喜歡很久實際上卻不好相處的對象。這味道罕見，不上山的話，根本無從對旁人解釋起。

從此，「山的味道」就在我們之間流傳，像一道密碼鎖，唯上山有解。

旋開水龍頭，搓揉髒褲子，水聲不止，像聽一首歌就能進入某個時空，無法言說，讓鼻子和耳朵帶我們回去。

你一邊刷洗，一邊回到某個山徑上。走到無力之時，死繃著臉陡下，前面隊友不時回望你、等你，你在心裡和自己嘔氣，厭恨這崩毀的林道，厭恨自己為什麼在這裡。巨大的倒木又溼又滑，一不小心就可能摔跤，努力危危顫顫保持平衡，走了兩步，又看到一個大落差，乾脆坐下來，用身體摩擦樹幹滑下去，腳碰到地一瞬，痠痛鮮明湧上，一個施力不當，差點翻身墜落，你右手努力穩住，眼睜睜看著登山杖應聲拗折，用盡所有力氣拉回傾倒的身體，卻連髒話都罵不出來……舉起登山杖，看它無助地垂垂欲墜，你的呆愣沒有很久，很快就有下一個動作——面無表情地折斷它，插入背包側袋。你想恨，卻發現沒有任何對象可以恨！失去第三隻手，膝蓋痛得厲害……一切都是自找的。

如尋找一個答案，以鍛鍊為藉口，用身體勞動和規律作息換取內在守恆，建構一種修練的生活。丟掉日常隨機的資訊與媒介、丟掉應盡的責任與義務，我還剩下什麼？

2.

那是位處花蓮縣卓溪鄉一片寬闊的山谷——馬布谷，因位於馬西山和布干山之間而得名。那時大家已覺察嚮導高義的歸心似箭，越過預定營地後我們直下馬布谷，持續晴朗的天氣讓大家心情都不錯，下午兩點就抵達山屋。

難得悠閒，吃飽喝足下午茶，大家四散亂逛。陽光很暖，躺在草地上我看著藍天，肩膀依舊痠痛，好希望瓜瓜可以幫我捶背，但山谷太大了，我找不到她。

走回山屋的路上，在對邊山腳的一株松樹下看到一個紅色的身影，我跑上前：「妳在幹麼？」

「畫畫。」坐在大石頭上的瓜瓜，抱著小筆記本回答我。

我理直氣壯一屁股坐了下來：「幫我捶背。」

她「喔」了一聲，放下筆記本，感覺她的大拇指壓到我的肩窩裡，我悶哼了一聲，和她齊齊看夕陽落下。

我記得那天晚餐是鴨賞玉米黑胡椒飯，高義煎著香腸，能提前一天下山的他很開心，信誓旦旦說下山要請我們吃牛排。夥伴歷凡的茶葉很香，我們在山屋的地板上開心翻滾，那是半個月來，首次無須搭帳篷。

馬布谷成了對照組，生命有閒置的可能，我們輕易忘記前日的辛苦。

隔天一早陡上，我緊跟在高義後頭，聽得自己的喘息，太陽無聲無息躍升，天色漸亮，我們穿過樹林，山頂展望很好，粉色雲海鋪天蓋地。開機後收訊良好，隔天就要下山搭火車了，日出的光束斜斜地照映在臉上，每個人的聲音都洋溢著陽光。

才清晨六點，我猶豫了一下，最後還是決定撥電話給媽媽：「這位太太，起床啦！」媽的聲音很睏，說她不去公司。「妳今天不上班？有這麼累？」她細碎地念著外婆在浴室跌了一跤，現在人還在醫院；同一天電視出現了火燒拖運車的新聞，裡邊有一部是弟弟剛買不久的機車；加上地方法院的傳單下來了，關於去年我車禍刑事案件的判決。山下人事慢慢鑽進了耳朵，站在山頂上，感覺好不真實。媽媽百事纏身，一人隻手處理多樁麻煩，幾番勞碌奔波，累壞了。

收下母親的疲倦，一瞬間驀地覺得離家千萬里，紛擾現實如雲海向自己撲來，天高皇帝遠我卻什麼也不用管。

「媽，妳辛苦了……」我低著頭，擠出這句話。

一旁瓜瓜已和朋友聯繫上，她不停地大笑：「在機場啦？這時候來個海島度假是一定要的啦！」

「媽，妳辛苦了……」我吶吶地又說了一次，變化萬千的雲海如海市蜃樓，我找不到其他語言。

媽媽說沒關係，問我下山後哪時回家看看外婆。高義從樹叢裡走了出來，他也正講著手機。

什麼山頂、什麼風景，都不重要了。只要家人理解，只要他們理解一點點，只要我的平安順利一如他們平安順利。

這才發現，在山裡，那條與家扣連的絲線，竟閃著晶亮的光。

3.

走出浴室，大背包晾在陰天底下，涼台的支架上像蝙蝠一樣倒掛，掉出許多乾松針和青色松蘿，有樹枝卡在背負系統上，手伸進邊角的側袋清理，卻被扎到，猛地伸出手，一根刺柏亭亭玉立在指尖，花蓮的海風吹過，就像作了一場夢。

「不知道會不會下雨？」室友瓜瓜拍打著背包。我瞇起眼，租屋前方的海並不藍，遠處的漁船不多，一點僅存的陽光穿過厚重的雲層，投射到海面上。

「嗯，隨時都要有出來救背包的準備。」我說。

「老娘一點也不想看到它下山了還是被雨淋溼。」瓜瓜從背負系統抽出腰帶，扣在竿子上。

我哈哈大笑，和瓜瓜一起把帳篷攤開，鋪在涼台上，風把內帳吹跑，我跑去追了回來，披在圍牆上，用石頭壓好兩端，風吹過，內帳飄了起來。

洗衣機輪轉的聲音停了，庭院吊滿洗淨的裝備，連走路都要閃避衣物，我才明白，我們再度回到原點——上山原來是這麼麻煩的事。

「啊，沒有瓦斯了！」瓜瓜在廚房驚呼。搬家在即，捉襟見肘我們已不考慮再叫瓦斯。

「所以……要吃什麼好？」我問，這裡離花蓮市區有二十多分鐘車程，還不如到鄰村吃麵。

瓜瓜沉默一下，嘆了一口氣：「……昨晚的牛排真的太經典了！」

「妳還想去吃？」我睜大眼。

她用極緩、極緩的速度搖了搖頭，閉眼抿嘴的神情有壯士斷腕的覺悟。

我大笑，是啊，我們再難找回那種至高無上的滿足感了。

4.

幾個人背著大背包緩慢走著，我們走到月台頭，空氣悶熱，空空如也的月台連張石椅也沒有。

「好餓喔……」瓜瓜坐在地上，托著腮幫子。

「再忍一下，晚上我請吃牛排！」高義說。

火車還沒來，我意興闌珊地解開出發前留在司機車上的塑膠袋，想不起來裡邊到底還有什麼。「豬肉乾！」我雙眼發亮，像中了頭彩一般大叫。一包過年在家吃到一半的豬肉乾被隨手扔在袋子裡，此刻翩然降臨，輕輕鬆鬆成為眾人救星。

「這種好東西！妳怎麼沒帶它上山？」瓜瓜的神情突然有光，歷凡毫不客氣伸手入袋。

「出發前我問有誰要吃都沒人理我……」我說。

「拜託那時我們一背包都是食物！」高義舔舔手指，直讚好吃。

一包豬肉乾在短暫的數分鐘內被全數解決，火車還是沒來。

幾個人開始翻尋背包裡僅存的零食，終於瓜瓜丟出了一包被壓碎的蔬菜餅乾，看起來遜色許多，吸引力卻絲毫不輸給豬肉乾。

火車來了，我們仍在爭食，抓一把餅乾屑胡亂塞進嘴裡，扛起背包走入第一車。坐定後想再拿第二把，卻只看到些許碎末。

「沒有了？」我驚呼。

「妳動作太慢！」瓜瓜撇撇嘴。轉身，見後座的高義手上還有三片殘缺不全的餅乾，伸手要搶，他眼明手快地將三片餅乾一口氣吃光，伴隨我失落的低吼，火車就開動了。

抵達花蓮市，我才有回返人間的真實感。

牛排館的沙拉吧整整齊齊，數十盤水果、生菜、蛋糕、泡芙、干貝、涼麵……一字排開，側邊是無限飲用的冰咖啡與橙汁，每一道都在召喚飢餓的靈。

我們只是，不停來回於沙拉吧和座位之間，順著本能，一盤接一盤，沉默專心地吃。吃光的盤子很快占滿了桌子，順手將盤子堆疊到隔壁桌，服務生來收的時候，他捧起十來個盤子，略帶興味地問道：「你們……去爬多高的山啊？」

幾個人的動作不約而同停了下來。

歷凡說：「呃……三千多米……」

高義秀出一雙被植被扎得傷痕累累的手：「你看！」喜孜孜獻寶的樣子很是驕傲。

「高義，你是兩個孩子的爸爸，成熟點……」我好笑又好氣地糾正他，他不以為意，服務生卻是一臉茫然。

接著，不同服務生來送菜或是收盤子時，總會順口聊上幾句：「有下雪嗎？」「爬幾天啊？」「好不好玩？」「餓壞了吧……」四人吃飯的樣子引起全餐廳的注目，我們只是專注在飢餓裡，正視本能，努力滿足身體需求。

平常生活忙碌讓三餐顯得隨便，一份三明治、微波便當、麵包或罐裝飲料……為什麼非得把自己逼到絕境才驚覺好好吃飯的重要？於此，強烈地感受飢餓竟成為一面得來不易的金牌，如母親諄諄的叮囑：活著。

高義的食量一向是最小的，而今他整顆頭顱都埋到盤子裡了。

「你可以吃慢一點嗎？」我皺著眉，擔心他消化不良。

誰知高義頭也不抬，鏗鏘有力地迸出三個字：「不可能！」吃東西的動作絲毫沒有因我的建議停頓。瓜瓜放聲大笑，歷凡正好回座：「還有熱奶茶欸！」

我們吃了很久、很久，直到我們再背起大背包，「下雨了！」瓜瓜指指外頭。走出這個雨夜，高義和歷凡即將回台北，「火車站，麻煩你。」歷凡對搖下車窗的司機說。我和瓜瓜揮揮手，看計程車疾駛而去，溼漉漉的水泥路上餘留車燈的水光。

我突然間明白了，為何車子行駛得那樣快，我們卻選擇上山一步一步慢慢爬。

——選自《聯合報》副刊，二〇一七年五月三日

筆記／范宜如

「山的味道」是山友之間的密碼鎖，劉崇鳳在《我願成為山的侍者》寫著「冒著熱氣的獸徑」、「森林與松針的香氣」，那狂野的腥臊，植物性的內斂，不曾入山者似乎很難領略。文章以「天上人間」為題，以對比的方式敘說登山與在平地的對照，可又不是這樣截然二分。山是現實生活的節點，在「人間」也不曾忘卻入山的每個絕版時刻。登山並不浪漫，軀體的疲累與險境的危機感，讓山友反覆的詰問「為什麼要來」？然而，山有一種難述的魔法，走久了才知道什麼叫舉重若輕。

這篇文章的題目看似沉重，內容卻是輕快明亮。劉崇鳳以素樸的文字寫山友的故事，開展了另一種山岳視野。文章裡面的名字，都是《我願成為山的侍者》的常客，也是劉崇鳳山林行走的重要友人。因為有山的存在，而更理解生活的文本，現實的重量。

文中關於吃的敘寫，不免讓我想到角田光代《明天到阿爾卑斯山散步吧》攀岩到山頂，而後喝著義式咖啡及紅酒的豪華，以及《徐霞客遊記》中絕糧數日食物（只是熱粥）的燦爛現身；更想到「脫北」士兵吳青成，那名從四十多發彈雨中越境的二十五歲男孩，病危甦醒初期說的話：「我想吃巧克力派」。在非常的地點書寫日常，現代文明也有它的可愛，「活著」就是生活中最重要的大事了。

劉崇鳳，一九八二年生，台灣高雄人。成大中文系畢業，旅居台東八年後回到故鄉高雄美濃，一邊務農一邊寫作，並兼任自然導覽員。創作以散文為主，擅於探捉家鄉土地的細節與生活。曾獲國藝會文學創作補助、書寫高雄創作獎助、林榮三文學獎等。著有散文集《聽，故事如歌》、《活著的城——花蓮這些傢伙》、《我願成為山的侍者》等；近作為《回家種田》。

雨神眷顧的平原

簡媜

蘭陽平原的孩子。首先認識的是水：雨水、井水、河水、溪水、湖水、海水、泉水。每一款又各有流派，譬如雨，春雨綿密、夏雨夾雷，一年兩百多天自成一本雨譜，宜蘭人恐怕大部分在雨天出生，死時聽著雨歌斂目。

宜蘭地形長得大膽，像一只從山脈躍下，打算盛海的「水畚箕」；眾水匯聚只好歸諸天意。這就難怪宜蘭人長得水瘦水瘦，一街子來來往往，沒幾個胖；男的像瘦石、女似竹，眼睛裡七分水意三分淚意，好像一生都是溼的。

宜蘭人天生帶山帶水，性格裡難免多一份巍峨的柔情，與人訂交，動不動就靠近海誓山盟，且在浪漫中又自行加上「捨我其誰」的義氣；可是，一旦出現嚴重裂痕，讓他鐵了心，其壯士斷腕的氣概又十分悲壯。這兩種極端性格糅合在宜蘭人身上並不難理解，柔情屬水神後裔，悲壯來自先祖墾拓遺血。祖先們攀山越嶺歷經艱險，終於在溪埔、河畔落腳時，難免仰首大哭，自後柔水鋼刀性格便定了。

所以，鴨賞、膽肝與金棗糕、蜜餞成為宜蘭名產，外地人弄不懂怎麼「鹹得要死」與「甜得要死」可以一起出品？只要了解宜蘭人性格就懂，它總是加倍給，愛與憎、同志與異類，每一種情感推到極致，要不頂峰，要不深海。

「你們宜蘭人帶叛骨！」出社會後聽到這樣的評斷，分不清是褒是貶，也許跟早年黨外運動有關。在我看來只說中局部要害，熱誠敦厚的那一面也應該含。不過，有時候我也會疑惑，時常偷襲內心世界的那股感覺：彷彿風雨鞭笞的海平面下，一團火焰欲竄燃而出，是否即是叛骨的變奏？有趣的是，在我的鄉親長輩身上也看到同類軌跡，其不安與騷動的勁道，好像跟每年夏秋之際的強颱成為神祕呼應。這些，大約就是根性吧。

宜蘭人講「真水」，是動了真感情的，短短二字繞了九拐十八彎，聲音極盡纏綿。我到台北來，首先被取笑的是宜蘭腔，他們覺得聽起來「很詭異」，我說他們的腔是吞石頭噴砂，雙方因此壞了友誼。「日頭光光，面色黃黃，酸酸軟軟吃飯配滷蛋，吃飽欲來去轉（回家）。」這幾句成為辨認宜蘭腔的範例。早年我沒注意這些，有一次買水果，試吃一瓣橘子喊聲：「真酸！」老闆馬上換了表情：「宜蘭的！」喜出望外，自家鄉親一切好說，他像不要錢似的猛往塑膠袋裝橘子，我是八十給一百不要找，他堅持八十算四十，兩人一面「推託」一面「牽拖」把宜蘭縣市地圖複習一遍總算在遠房的遠房親戚那邊找到更進一步的交集。這種萍水相逢的戀戀不捨，非常宜蘭味。如果你見識過兩不相識的宜蘭人在他鄉巧遇，那種攀山越嶺的「關係考古」頗令人側目，最後的結論可能是：這人的表姊的厝邊的女兒嫁給那人的厝邊阿嫂的娘家堂弟。總的說，親戚就對了。三山一海的平原裡，裝著水粼粼的人情。

我生於六〇年代初，大水災後第三日。母親記得很牢，颱風那天屋頂被強風掀了，大水灌屋約膝蓋高，她躲在神案下流淚，肚子裡是頭胎，眼看要落地了，她說她全心全意命令我：「不要出來！」要是我不知好歹硬出娘胎，那節骨眼恐怕是死路一條。六〇年代初宜蘭農村，仍是茅茨土屋與油燈的日子，一條碎石窄路彎彎曲曲帶幾戶竹圍散厝，一旦強颱登陸，天地俱死，誰也救不了誰。怪不得母親要阻止我出世，沒產婆、沒床、沒熱水，怎麼生？我至今仍很得意自己懂事甚早，要打人生這一場戰，至少得生在乾淨的床上才行。

我家離羅東鎮走路約一個半小時。據說羅東是噶瑪蘭語「猴子」的意思。想當年，那一帶應是雜樹叢林，猴群蕩枝嬉戲；或說有塊大石形狀如猴，據此叫了下來。我想石猴不如潑猴熱鬧，也符合羅東成為商鎮的事實。就行政區分，我們那村屬冬山鄉武淵村，路名叫武罕，後來才知道武淵、武罕，是平埔族噶瑪蘭人之社名，據此音譯而來。洪敏麟先生編著的《臺灣舊地名之沿革》提到，武淵是「籃」之意，武罕為「新月形沙丘」，意涵豐富，可以想像那是野薑花與流螢棲宿之地，稻穀偕游魚看同一朵浮雲。

我們那裡雖以漳州籍人居多，經與封閉的天然環境及噶瑪蘭人等族的淵源糅合之後，自成獨特生態。我小時候常被奇異的地名弄得神魂顛倒，老一輩聚在稻埕閒話，奇武荖、阿里史、打那美、利澤簡（音「吉利簡」）、鼎橄社、珍珠里簡、加禮宛、猴猴仔、馬賽、武荖坑……等生龍活虎的名字嵌在「酸酸軟軟」的水腔裡，一段家常話聽起來像破浪行舟；而三堵、隘丁、壯圍、二結、三結、四結、五結……，又似刀斧械鬥。家常語言潛移默化了社群性格，我相信不知不覺中，除了漢人入墾的實況仍震盪於喉舌間，噶瑪蘭等音影亦如唇上凝結的露珠，閃爍出他們是蘭陽平原先驅者的歷史。事實上，說「他們」是不當的，要是有辦法證明我的家族沒在入蘭以後參加「混血工程」，我反而會傷感，那表示先祖們沒對族群融合做出最起碼的事，總是有虧。雖然，都過了兩百年，但一塊土地的歷史需要後代用更大的氣度與虔誠去保養它，不然子弟不知道自己的身世從哪裡開始。

站在我家大門往前看，通過廣袤的稻原，最後視線抵達一列起伏的山巒。接著，想像左翼有條彎曲的河，離家門最近的扭腰處，約一百五十公尺，她就是「冬瓜山河」，現在被稱為「冬山河」。

我一直無法接受她成為風景明媚觀光河的事實。離開故鄉那年，她開始接受整治，逐漸變成今日面貌；沒有親見她轉型的過程，保留在記憶裡的，仍是她舊時的驃悍與沛然莫之能禦的水魔個性；我還保留一大段流程中兩邊田野只有一間凋零古厝，烘托出她的孤獨的情景。我喜歡坐在屋頂上，隱身於蒼鬱的叢竹間，想像低飛的白鷺鷥正沿著她的身體投下倒影，想像她抵達海口，終於釋放被禁錮的靈魂。飄浮在鄉野間的多神傳說，讓愚騃的我自然而然形塑她的神格，點撥憂傷、鼓動幻想，甚至在不可言喻的壓抑下，期待她藉著強颱而破堤決岸，贖回狂野與自由。

她，帶來大水。水，漫入屋子的速度如厲鬼出柙，驅趕幾條不知所措的長蛇及鳥屍、浮糠、枯葉，浩浩蕩蕩衝入大門，瓦解屋舍是人最安全的庇護所的定律。蒼莽暗夜，一切浸在水裡，無邊界的飄泊感在我幼樨的內心種下一株清明：毀滅與永逝乃動人的暴力。強風咆哮，折斷竹身，隨勢橫掃屋頂，磚落瓦碎的聲音如細針掉地而已；磅礡大雨摔擊屋頂，耳膜只接受巨大鳴響，無法聽辨身旁人的語句。我與家人在穀倉搶裝稻穀，一包包麻袋扛到木板床上，偶爾拾得幾聲豬隻恐懼的慘叫，或扛穀至床上，粗暴地指揮幼弱的弟弟讓路時，他那謹慎的哽咽。

忽然，兩條男人的身影閃進來，各自穿著連身雨衣，撐一隻長竿，手電筒的光芒微弱且閃動。他們住在距離頗遠的村頭一帶，半路上遇到了，都是打算到我家探安危的，遂一起持竿探路，走了幾倍長的時間才在渺茫黑海中摸到我家。他們俐落地整頓穀包，沉默且肅然；臨走前，又合力把我父親的靈堂架得更高，玻璃罩內半截蠟燭，如海面上不忍飄離的孤燈。

多年之後，我才發覺自己陷溺文字世界，是因為貪婪地想搜羅更多的唇舌替我抒發抑鬱——來自那一條母河長年的鞭打；我愈從文字裡顯影她，愈了解自己的生命能量乃是從她身上接泊的事實。她用一把鋒利水刀，砍斷我那扎入母腹的雙腳，挑明那雙癡戀薔薇不願遠眺的眼睛，她把我趕出新月型沙丘，只交給我暴烈的想像去未知世界構築自己的命運。即使是最落魄的時候，我在異地街頭行走，依然感受她的尖刀抵在背後，冷酷地下令：不准回頭。

宛如門神的龜山島出現在火車右側，整個太平洋吟誦遠行之歌。十五歲那年，我忽然可以理解，在我之前無數離開蘭陽平原的子弟，坐在火車裡凝視龜山島的心情；怯弱夾雜悲壯，他們可能趁火車駛入隧道時悄然抹去薄淚，肅穆地在心底為家鄉種一棵承諾樹，等兩鬢霜白，會返回多颱平原，回到雨神眷顧的所在。

——選自《微暈的樹林》，洪範

●————○ 筆記／范宜如

零雨在〈關於故鄉的一些計算〉寫著：「到底要翻過幾個山頭／追到霧，追到秋天的柚子冬天的橘子／追到那個精算師／問他到底怎樣／才算是故鄉。」故鄉的內涵不只是單純的懷思或是田園讚嘆，而是對於自我的指認，對於自身所在的知識與情感的觀看。而這篇散文，除了指認自我的身世，也是蘭陽平原的微型生態史，是文人對於文字、土地、歷史的景仰。不只是寫給家鄉的情書，而是簡媜自身文學生命的履歷表。

和辻哲郎在《風土》提到，風土是人類自我發現的一種方式。這篇文章寫出蘭陽平原的風土「原型」，在冬山河成為觀光景點之前，冬山河驃悍的水魔個性，是簡媜散文中的具象的生命體驗。在災難之前，眾生俯首，蒼莽暗夜、磚落瓦碎。最動人的是磅礡大雨中，鄰人在「渺茫黑海」摸到家中整頓穀包，架高靈堂的敘述。呼應散文中書寫的宜蘭人的古意以及「關係考古」，那也是她的民族誌書寫。書寫家鄉也是在書寫自我的成長史，文字顯影的不只是水鄉形塑的強悍生命力，而是當一個創作者將家鄉種植在自己的血液之中，家鄉的母河流淌的，無論是「動人的暴力」或是清明與自由，都是記憶所繫之地，銘刻多颱平原的生命之書。

簡媜，一九六一年生。本名簡敏媜，台灣宜蘭縣人。台大中文系畢業。曾任職廣告公司文案、《聯合文學》、遠流出版社、實學社等雜誌和出版社編輯。現專事寫作，創作以散文為主，兼及兒童文學。曾獲台灣學生文學獎、梁實秋文學獎、吳魯芹文學獎、時報文學獎、台北文學獎、國家文藝獎等。著有散文集《水問》、《只緣身在此山中》、《私房書》、《胭脂盆地》、《女兒紅》、《誰在銀閃閃的地方，等你》等；近作為《我為你灑下月光：獻給被愛神附身的人》。

致那些被棄的

李欣倫

週末帶孩子去淨灘。

清晨下了大雨。先是醞釀著情緒的雷聲悶悶作響，然後是閃電，風隨之而起。閃電擦亮了天空，灰銀色的光從被吹開的、湧動的窗簾射入，照亮了孩子的睡臉，孩子眨動睫毛，翻了個身。我起身關窗，雨像預言般地下了。

雨在我們準備出發前停了。雨珠懸在衣架上、植有薄荷的陶盆上，孩子踩進被雨打溼的涼鞋裡，胡亂抓提著玩沙工具，那些彩色的鏟子、城堡形狀的容器和水桶，還有空了的果凍塑膠杯。我說，我們要去海邊，但今天只帶水桶，其餘的用不著。

牽著孩子步行在沙灘上，沙灘上閃爍著各色大大小小的碎片，蒼白無表情的碎片。定睛細看，持長夾翻動，才發現雜在黑色沙礫中的是塑膠碎片、鞋墊、保麗龍、鞋帶、彩色塑膠吸管、打火機，那些藍色、紅色、橘色、黃色、綠色等什物，經過時間淘洗、海浪沖刷、烈陽燒熾，曲成了詭異的形狀和莫名所以的顏色，被棄的孤寂碎片，雜亂無助地陷落於這裡那裡，葬於沙丘。那曾在商店閃動著光輝，經過誰寶愛潤澤、曾戳記著他人掌紋和溫度的東西，不知從何時就被棄置於此，欲望和記憶之最最邊境。即使當時漸漸有陽光，但這充滿塑膠碎片的荒塚令我感到恐怖。

約莫是想到過去自己丟棄的物質碎片猶在其中吧。那些我以為扔進垃圾桶就眼不見為淨的東西，以靜默的姿態反撲而來。

攝影師Chris Jordan拍下許多張中途島上信天翁的照片。在天空翱翔的信天翁，彼此偎靠的信天翁，美麗的信天翁母親餵食著灰絨絨的信天翁寶寶。同時，也拍下了許多哀傷、令人沮喪的照片：瀕死掙扎的信天翁，一片傷殞而失去生機的信天翁群，生的盲昧、慌張與死的猝然、絕對的信天翁。殘落的毛爪骨骸中，清晰而突兀地看見諸多裂成碎片的塑膠製品。漂洋過海的塑膠四處可見，無數的信天翁吞下了塑膠致死，即便已死，胃囊連同血肉化為塵土，那些奇異而斑斕的塑膠不會消失，也許進入另一個身體中，殘酷地折磨下一個無辜的生命後，長久在那裡，不會消失，像一個你至今逃遁不了、甩避不去的，有汙點的記憶。

想起就讀國小階段，每過一段時日，家中便會出現定期的掃蕩。

起因約莫都是慣常的輾轉難眠，有時盯著灰暗的虛空發呆，有時走到母親房間，站在她身旁輕喚著：媽媽我睡不著，但母親一向熟睡，父親反倒立刻被吵醒。父親總將我不安睡的原因歸咎於作業沒寫完，確實寒暑假的作業總有沒完成的地方，被父親一眼識破。因此他總氣沖沖起身，檢查我的作業，若沒寫完，父親就拿我的玩具箱開刀：「就是太愛玩所以作業沒寫完。」即使作業已完成，父親也會丟我的玩具，只是扔起來沒那麼理所當然的起勁。他總抓來一個超大型垃圾袋，然後把目光所及的、無論是新或舊的我的寶貝掃進袋中，像是芭比娃娃和她閃亮的衣裙、從速食店攜回後洗淨的塑膠餐盤和刀叉、無傷大雅的玻璃瓶和裡頭的紙鶴、彩色珠子、偷偷存錢買來的漫畫書；以及我模仿漫畫所畫的四格漫畫、同學送來的卡片、彩帶和貼紙，還有諸多小女生寶愛的珍藏，全無辜地被盛怒的父親扔掉，連父親送我的粉紅色手鍊也一併遭殃（現在想來，當時完全沒有分類概念，所有什物雜處）。我一邊流眼淚，一邊打開更多抽屜，讓丟上癮的父親盡情發揮，最終在睡眼矇矓的母親勸阻下，結束了這場夜半鬧劇。父親回房後，我擦乾眼淚，悄悄接下母親奮力搶救的、僅剩的玩具和紀念物。

現在我已成母親，幾次也在孩子不收玩具的惱怒下，不乏威脅的嚷嚷要丟掉玩具，無視孩子滿臉鼻涕眼淚。

那些我早就忘了的童年玩具，是否還以殘存的形體、疲倦的顏色、用罄的時光，雜落在某片海灘、不再柔軟的土地下，循著我的輕忽與盲昧，順著飢餓的驅力滑入了誰柔軟的胃袋，乃至於不偏不倚地卡在誰溫暖的喉頭？

那些被我一次用完、任意拋棄的過去式，是否正血淋淋地切割著誰的現在式？

那次在公園裡，和女兒一起做「落葉串燒」。我們步行在長葉垂榕、欒樹、波羅蜜林立的園地，地上滿是長葉垂榕或黃或褐的枯葉，我們拾起樹葉，用細軟枝條將之串成一串，當成「落葉串燒」，或裝飾成落葉花冠，我們喜歡在微風輕撫的下午遊戲。大自然永遠提供了新鮮且玩不膩的玩具，蒲公英、咸豐草、土堆、砂石，夠他們盡情玩一個下午，直到日落仍不想回家。

很快地，我們發現夾雜在長葉垂榕捲曲、枯黃的落葉間，有許多垃圾：瓶蓋、破裂的吸管、吸管塑膠套、鐵線圈、牙線棒、糖果紙、菸蒂、竹籤、氣球碎片、無法辨析的塑膠碎片……零落地被棄置於各處。當目光愈是專注集中在被棄物上，就發現這些垃圾簡直無可控制地隨處可見，它們被時間漂淡、被烈日和雨水扯裂的外表，綴在落葉和草地之間。

我想假裝沒看見，就像多少個日子，經過街巷、繞過草坪那樣，反正那不是我丟的，那不是我的問題。

是女兒先拾起破裂的吸管。老師說，不要亂丟垃圾。幼兒園環境教育的實踐，畢竟還是個孩子，她真誠地將教言視為真理。看著女兒彎腰翻尋什麼的背影，我的愧疚與罪惡感在陽光的照射下，浮出體表，在額前和腋下化成一灘溼潤。於是我加入她，拾起更多的吸管、糖果紙。在美麗的長葉垂榕蔭下，在安於枯淡的落葉與落葉之間（行經那些落葉，葉片彼此摩娑出沙沙祕語），女兒像發現寶藏般撿拾諸種失去光澤的被棄物，笑著大叫：「媽媽這裡還有一片」，母女倆拾起更多不合時宜的欲望，更多曾被揮霍的陳年刺激，讓它們不再緊緊糾纏著草與落葉。

帶女兒去國美館看展。堆積的廢棄物。露出內裡的電視機、大型而笨重的電腦螢幕；過於厚重的老式手機；不停焦躁旋繞的、缺了一隻腿的機器狗；持續唱誦法音的念佛機，曾被放在佛龕上的觀音像，蓮座上的白衣大士身處末日啟示錄般的現場，藝術家讓諸多過時且應被淘汰的物品雜陳一處，拆解並重接上電流，任它們喧譁著不合時宜的光和聲，詭祕儀式，仿若隱匿於童年荒棄的草叢和廢墟裡、默默進行中的不可告人之事。女兒一見到這件作品，強力拉我的手要我繞道而行，大概是被這滾沸著光和電和廢棄物的氣勢所嚇著了。我是想避開的。與其說被震懾，我想避開過去我所丟棄的這些那些，彷彿誰潛入我封鎖已久的房間，從櫃底抽出一條髒汙的內褲然後攤晾在陽台那樣，我被痛苦的羞恥所折磨。

倒是兒子停下腳步，站在那尊仍舊聖潔的觀音像前，眼神透亮，然後用乾淨的嗓音說：

「嗡嘛咪唄咪吽。」

那些曾是百貨公司或賣場裡光鮮齊整時尚的、伴隨我成長的一箱一箱、整批整批、殘缺狼藉的這些那些東西，除了堆積在家裡的倉庫或角落，成為時間的化石，成為心底灰撲撲的疼痛，其他被裝進垃圾袋、扔入垃圾車遂眼不見為淨的物事們，不知荒棄於何處？如果被全部攤開來陳列，恐怕會壯觀龐大得塞足好幾棟美術館，那是破碎沉默的戰艦，循著被遺忘、不見光的深淵墜落。

偶爾在陽光充滿的咖啡館裡啜飲薄荷茶，指尖流動著作家的文字與哲思。孩子正在外頭的沙坑裡用彩色塑膠玩具掘沙。無人打擾，空調正好，有書可讀，理想下午。孩子們的挖沙工具中有黃色海星、藍色貝殼、紫色海螺、紅的綠的城堡模型，還有更多的動物模型：魚、海龜、海馬，孩子將中空的模型注滿沙粒，新時代的塑膠海灘，繽紛，輕便，不易分解（應該說永遠永遠不會分解）。

看著散置於沙坑中的塑膠海事，不禁想到最終它們被轉送、被冷落終被棄的模樣。彼時它們離開城市咖啡廳的休閒沙坑，隨著發臭的垃圾堆一路輾轉至真正的海灘，那裡有真實的浪、真實的潮汐、真實的荒涼。它們隨洋流遠航，像瓶中信最終抵達諸多肉身；還是它們始終在岸上，仍舊帶著漂泊風霜的神色，無語仰望烈日、野風、星辰和月亮。

然後我聽見自己微弱的聲響：「嗡嘛咪唄咪吽。」

——選自《以我為器》，木馬

筆記／徐孟芳

本文乍看是對於塑膠製品一次性使用的環保反思，但是李欣倫藉由「被棄置而無法分解殆盡」的物象，要談的更是我們對物、對人在情感關係上的反省。

「棄置」是會帶來傷害的，無論是有心或是無意。人對於物的無心，即使曾經是高置在櫥窗上的嚮往之物、反覆摩娑賞玩，最終仍被輕易丟棄，變成「蒼白無表情的碎片」，甚至成為殺傷信天翁的利器。而作者童年時父親在盛怒下任意毀棄她的心愛之物，這有意的棄置，更是一種懲罰式剝奪。這些傷害，不會隨著拋棄而一次性完結，更有可能「正血淋淋地切割著誰的現在式」。

相較於此，作者的女兒在林間遊玩時，對地上的塑膠碎片「像發現寶藏般撿拾諸種失去光澤的被棄物」，兒子能夠直視大型喧譁的被棄物展覽品，心思純淨念出六字大明咒，呈現了單純孩童對事物的敬慎。而我們在隨意棄置各種物事的時刻，除了輕忽，是否更是種「眼不見為淨」的逃避？將那些想遺忘的陳舊積習：浪費、損耗、怠惰、無愛，轉身一扔，去成為更好的自己，卻冷不防那些無法分解的碎片，在各處閃現——「成為時間的化石、成為心底灰撲撲的疼痛」。

李欣倫的文字細密，對生活縫隙中的各種碎屑無機，有意識地讀取辨識，在她的直視中，我們也對原本麻木無感的疏忽，有了歉意，而開始學習去，認真地看。

李欣倫，一九七八年生。中央大學中文所博士。現為靜宜大學台灣文學系副教授。以散文為主要創作。二十四歲即隻身赴印度旅行三個月接受生命教育，後亦前往印度、尼泊爾擔任志工。寫作題材深入探究醫藥、疾病、凝視女性身體與各式受苦肉身。曾出版散文集《藥罐子》、《有病》、《重來》、《此身》等；近作為關注母體與母性的《以我為器》。

無所謂快樂

胡晴舫

平庸是幸福。照這個邏輯，我活在一個幸福的時代。

再沒有一個時代比我的時代更大眾化，庸俗，無名，零碎，人人活得面目模糊，躲在面板後頭過日子，汲汲一生尋找免費升級的途徑。一個按鈕，選項接二連三跳出來，彷彿無窮無盡，但全經由同一套軟體跑數據。以為自己自由而獨立，掌握了命運自決的權力，其實不過是一頭終生被困在購物商場無法逃跑的動物，每次選擇，都在消費，終其一生最大的道德責任，只是當好一名按時繳納帳單的消費者。網路是新世紀的傳統生鮮市場，眾人覓食的場所，各式各樣的叫賣聲，震耳欲聾，掛著血淋淋生肉塊的肉鋪、顏色宛如春日花園的蔬果攤、熱氣騰騰的包子店、魚隻翻肚像白餃子一樣整齊排列的魚攤，氣味擁擠，光彩紛雜。什麼人都有話說，都渴望被看見，什麼人都不被聽見、不被看見。語言失去力量，只是不斷重複的聲音，就像音樂變成健身房的背景，不再幫助你掙脫生命的框架，喚醒靈魂的深沉需求，反倒用來催眠你，使你更加深陷於生命的機械循環。再沒有追求偉大這件事，因為太過虛假矯情，不夠酷，就像燙金硬殼精裝本的全套托爾斯泰作品，那麼過時而無趣，不如手機上一則來自偶像的推特來得震撼人心。

但這是幸福。輕薄而可愛，俗氣而慵懶，呻吟替代抗議，刻薄當作批判，因為不必掙扎苦苦求生而很願意自稱與世無爭的魯蛇。一切皆建立於生命的僥倖心態。出生地點相對安全，成長期間沒有戰爭也沒有飢荒，經濟穩定發展，你有父有母，他們沉默而勤奮，他們挨過了貧窮，你因此有個無憂無慮的童年。你受了教育，有手有腳，可以工作養活自己，三餐不愁，公寓有電有水，偶爾煩惱人情，擔心賺的錢不夠花，每晚睡在自己床上，如果幸運的話，還有一個宣稱愛你的人躺一起。

你應該快樂，因為你沒有什麼事值得不快樂。大眾時代，當一名俗眾，看著自己的肚臍眼，庸庸碌碌過一生，這是活在太平盛世的特權。

我知道我應該快樂。我的平庸，是我的幸運。我並沒有不快樂；但，也沒有特別快樂。

我知道我並沒有僅僅因為活著就感到快樂。是，這世上有許多事物令我愉悅，像是燦爛秋陽即將下山，隨手放火燒紅整座楓林，孩童用明亮的眼睛癡呆望著氣球冉冉上升藍天，旭日從港灣那頭升起，在海面灑下粼粼晶鑽，微風吹鼓船帆，頃刻船隻彷如即將啟航遠方，漫漫夏夜沿著古老河岸散步，暗夜花影浮動，陣陣芳香，那一刻，我的全部感官活躍著，我的心懷開放，那一刻，我確實感到生命帶來的歡愉。可是，這就是活的快樂了嗎？

快樂的意義是什麼？為什麼，一個人應該感到快樂，僅因他得以庸常？我年輕的時候，根本認為快樂的意義被高估了，平凡的價值遭過度吹捧了。我懷疑，世上多少人像我一樣，應該快樂，其實不那麼快樂。

一個人若清醒地活著，就不可能快樂。因為各種有形或無形的暴力仍舊充斥生活四處，奴役換了形式，變本加厲，歧視依然無所不在，偏見戴著知識的面具，打著進步的旗幟進行封建的革命，以愛之名行專制之實。

無論活在哪個時代，生命從來不曾簡單。

歷史上，像我一樣，就算快樂也不那麼快樂、但也不是不快樂的人，數量最多也最容貌不清。而活著這件事對他們而言，從來不容易，從來就是一場長久的戰鬥。人生絕大部分時候，他們都不知道自己做得對還是不對，道德並非時時清晰，活得越久，他們越無法確定自己出生的意義，是否值得活著，是否夠格當個人。他們越渴望尊嚴，越發現它遙不可及。

小確幸對他們來說並不是物質的享受，而是整日流汗勞動下來、長期病痛終於舒服一點、城市輾轉流徙半輩子才稍微安頓，經歷親情撕裂、理想與現實慘烈碰撞之後，好不容易跟自己有個獨處的片刻。

那個短暫的片刻，他們會站出自家陽台，瞇眼眺望樓下大街的來往人群，躲在辦公室高樓陰影裡，吐出一口若有所思的菸，坐在咖啡店角落吃一塊過甜的巧克力蛋糕，擱下泥濘的叉子，在雪白餐巾紙上塗寫情人的名字，半夜打開電視觀賞一部他早已看過三遍的蠢電影，躺在沙發捧著肚子呵呵傻笑，走進公園找張長椅撕開三明治的包裝，把麵包屑扔給地上的灰鴿，而那些城市的灰鴿因為過胖，飛也飛不太高了，牠們的視線從來沒高過旁邊的摩天大樓。

那一刻，終於，無所謂快樂不快樂，只是平靜。

那一刻，他們得以與自己獨處；暫時，他們不恨自己，因此也不恨這個世界。那一刻時間停滯，生命慢下腳步，死亡遠處駐足，世界願意放過他，他終於有權放肆，放任他的思緒亂走。他可以自在想他想的事情，或不想。

那個片刻，令我著迷。對我來說，人類的一切行動、所有的歷史事件，都從這個看似寂寞安靜、遺世獨立的個人片刻開始。戰爭、奪權、戀愛、鬥爭、謀殺、友誼，乃至於科技發明、社會創新，皆從某個人的一念之間開始。念頭發生時，他看起來那麼平淡無奇，不具殺傷力，猶似冬日無風的海洋，只是一大片灰色的寧靜，但海面下，卻藏著無窮的狂野力量。

當一個人覺得孤獨而安全，他什麼都能想、什麼都不怕想的時候，平時為了生活而不得不壓抑的念頭，此刻如同趁鬼門關大開時溜上人間的幽靈，所有的最溫柔、最骯髒、最無私、最狡猾、最粗暴、最甜蜜、最奇幻、最傷痛、最怨毒、最羞恥，各形各色鬼念頭，悠悠忽忽飄了出來，透明鬼魅群飛，像一陣風，肆無忌憚呼呼吹過他的心湖，滾起浪濤。思想的轉折，念頭的翻滾，欲望的起伏，那些趁四下無人便自由遊走的思緒，那些看不見的東西，才最重要，才是人類靈魂的真相。那是文學的主題。

再平庸無害的一個人，依然有能力犯下滔天惡行；再猥瑣下流的一個人，有時出乎意料做出驚天動地的偉行。

當人類的飛行器已經去到了太陽系最遠最邊緣的冥王星，一個人能像一台機器換零件般換器官，我們了解染色體的結構，預測地震時間，發明了連自己都不理解的全球金融體制，用各種類科學的分法論解釋我們共同組成的社會，我們依然不了解自己的人性。

世上最後一道謎題不是火星怎麼會有海，對我來說，那道難解的謎題永遠是那個人。公車上，那個人輕輕挨著我坐，隔著冬季大衣，我依然微微覺到他的體溫。辦公室裡，那個人坐在我對面辦公，中間擺了兩大台電腦螢幕，我看不見他的臉，但我能聽見他在擤鼻涕，輕輕哀嚎老板的火急指令。電梯裡，那個人的體味香水縮小了四方空間，逼我被動參與了他與情人斷斷續續的電話交談。醫院裡，他跟我分坐一排椅子，我們看起來有如一群垂頭喪氣的囚犯，等待命運的判決。大街上，縱使人行道很寬敞，他猛然撞開我的肩膀，昂首闊步離去。那個人，會在夜晚打開窗子哭泣，當我從他樓下走過，因為聽見他的哭聲而抬頭仰望當晚的冷月。

他為何此時此刻出現在此地，怎麼養成目前的長相氣質，早上出門前如何決定穿上這件花格子外套而不是另一件，如何睡覺吃飯社交做愛，跟人握手時他伸出右手還是左手，忽然之間他就愛上了一個永遠不會知道他存在的明星名流，而且一輩子忠心耿耿，鍾愛不渝，同時他卻能欺騙他生活中的伴侶，甚至暴力相向，然後有一天他丟掉了工作，入了獄，八年回來之後，他的鄰居看了他就嘀咕，這人好奇怪。為什麼奇怪，因為沒人知道他在想什麼。

沒人知道他在想什麼。那個人。可能連他自己也不知道。當這個世界全是數據、實驗、圖表，充滿了大理論、關鍵字，網路匿名、二十四小時實拍，有了臉書、圖享，我們依然無法掌握自己的人性，雖然我們已經學會暴露它、操弄它、分析它，自稱擁有它。

我以一張平庸的臉孔，活在一個庸俗的時代。這是科技最新的時候，也是人性最舊的時候。科技並沒有改變人性，人性仍舊發出雨後秋葉躺在泥地逐漸腐爛的氣味，乍聞之下彷彿仍保有植物的清新，依然逐步邁向朽壞。

文學教導我人性，學會同理心，尋找那個片刻，一個人存在的本質將如岩岸退潮之後裸露出黑色嶙峋岩石，光天化日之下，散發海洋的腥味，卻閃耀如星光芒。唯有文學能夠帶領我走過那片凹凸不平的人性岩灘。

文學對我解釋了這個世界，非常之複雜，充滿灰色地帶，布滿各種深深淺淺的道德陰影。因為文學，我看見那些本來看不見的事物，使我不懼怕活著這件事。就像聖修伯里的小王子宣稱，一望無際的黃色沙漠因為藏著一口井而變得美麗，我相信我現在看見的世界仍有可能改變，我看不見的事物依然存在，值得努力追求。

對歷史來說，太多人直接歸類無名，群眾才有意義，個體的渴望與吶喊，注定要遭淹沒，對社會學來說，所有人只是等待分析的社會樣本，用來支撐一個制度的運轉，沒有血肉。而在文學國度裡，沒有一張臉孔不該從芸芸眾生單獨挑出來，沒有任何故事不值得書寫，沒有什麼生命不值得記錄。快樂也能是一種不快樂，有時，不快樂才是真正的快樂；但，快樂是一時的情緒，而不是人生的目的。

真正的人生總在快樂與不快樂之間晃蕩，不斷尋求靈魂寧靜的片刻。活得庸俗不是問題，而是忘記了偉大的可能。文學使我想要變成一個好人。

——選自《無名者》，八旗

●————○ 筆記／范宜如

文章寫來若無其事，卻是對人生的透視。時而嘲弄時而思辨，時而拉出生活的界線，時而對應題目的意涵，扣問快樂的本質及表現。她的文字像小刀，向你提出「以愛之名行專制之實」的現實世界，也逼顯「鬼念頭四下無人自由遊走」的「人類靈魂的真相」。當然，生活並不都那麼尖銳，那樣粗礪，也有那「遺世獨立的個人片刻」，安靜的獨處時光。作者以其敏銳的時代心靈，書寫現代人的人生情狀。既順著「實景」去詠嘆，或直指「眾生」無可逃脫的真相。散文行筆獨特的切換方式，像手機快速滑動到下一頁：「那麼過時而無趣，不如手機上一則來自偶像的推特來得震撼人心。」緊接著是「但這就是幸福……因為不必掙扎苦苦求生而很願意自稱與世無爭的魯蛇。」求生也許來自無爭，幸福與無趣共生，真的是「無所謂快樂」了。

而散文中對於人稱的說法恰好顯示了人在群體中的依附（或獨立），從「我」到「他們」，從「他」到「一個人」／「那個人」／人類／，芸芸眾生裡，歷史上的無名者在「那個片刻」得到安頓，如作者所言：「唯有文學能夠帶領我走過那片凹凸不平的人性岩灘。」也如她指出：「人生本來就是一種過渡性的行為」，也因此「無所謂快樂」不是慵懶的語彙，而可以是當代的生活觀了。

胡晴舫，台灣台北出生，住過一些城市，寫過一些書，新近作品《無名者》。

骨肉

鍾文音

母親摸了我一把後，突然打了我的手臂和腰臀一記，並發出某種見了恐龍怪物般的叫聲，她說妳什麼時候胖到手臂來了，手臂胖就是老了，妳知不知道啊！說話時並狠狠地打掉了我正在吃得一手油滋滋的麵包和甜甜圈。

妳的氣質看起來不像是讀女高的，比較像是讀育達的。我突然想起高中因考試壓力導致發胖的那年遇到某校聯誼的某男對我說的話。乍聽輕鬆，卻是一身的諷刺。之後大學四年肥胖症因得意愛情而被嚴格控管著，再次發胖就是這一年，不明原因地我又得了不斷吞嚥的咀嚼症，也就是常無意識的嗜食。

母親給了我一張名片，上頭寫著整骨師。她要我立刻出發去找名片上的人，馬上！母親又說。我緩緩地起身，像是再也經受不起身體重量似的疲憊。

門後依然是電視佛法頻道的聲浪，我陷在沙發時間頗長，故也跟著聽了段時間，大約是說人出了娘胎就受染汙，地水風火組合成色身的三十六種不淨，皮毛爪齒鼻骨肉髓，淚精液尿涎屎……諸天有香神，以香氣為食，故約尋香行。關上房門那一刻，我真希望自己變成香神，如此就無形體，不覺色身疲勞了。「我於往昔節節支解時，若有我相人相眾生相……」母親三樓老公寓電視聲浪直到我走至一樓時才完全消失音波，母親不僅眼睛陷入闃黑深穴，連耳朵也彷彿失守的疆域，電視總是聲音開得很大。

母親眼睛開始露出壞徵兆是我發現母親買衛生紙卻常買成了衛生棉，上公廁老是將警鈴按成沖水器，當然還有膝蓋常出現不知在哪撞傷的印子，以及在空間走路愈來愈慢。如影遮，如雲翳，如膜障，如魔幻……形體一團一團，色彩散射如天雨，閃電魔魅如召喚，囿於不斷窄化的視野，習於老有黑蚊飛來又飛去。故起先渾而不覺，天真以為世事如此。

妳阿嬤死時眼珠子彈出一粒玻璃，後輩才知道她原來有一眼早看不見。她說著，彷彿人老就是這樣，以為人皆如此。

我的眼睛去年也出現過雲翳風景。

走在路上，身旁冷不防被幾個不知從哪來跳出的小獸擦撞著。我想有一天我會當阿母的導盲犬。

母親要我去看整骨師的這年，我那長年掛在電腦桌前的腰椎正巧發著痛，還有大學時長年在速食店打工站得兩腿發痠的痼疾仍不時現身和我打招呼。尤其是晨起那一刻，總覺得爬下床鋪是一日的酷刑之始。

名片的地址印著五股。

我如受傷獅子般地跨上小綿羊，從三重疏洪道一路馳去。阿爸年輕時聽說曾在這一帶租田種菜，菜田旁的土地公廟和百善祠已遷，昔日蠻荒已人工化，公園和腳踏車步道讓這裡的一切彷彿沒有歷史，唯一有歷史感的是某年颱風肆虐淹大水所灌進疏洪道的痕跡仍在，大水過後水滯留凹地而形成的小湖泊，長滿及膝的草。曾經的暴虐轉成了溫柔，像是某種愛情過程，兩相交歡，滯留者多因凹陷難離，記憶卡在一個深深的溝槽。

五股有種奇怪特質，工廠和眷村雜陳。城鎮灰著一張臉，工廠鐵皮屋和水泥眷村樓房連成一氣。陸光新村曾住著阿姨，姨丈老兵退役後，雖有新公寓住，但仍常往眷村跑，為的是去打牌。騎經時，不免想起阿姨有回曾把姨丈某房兒子介紹給我，那時我還是個澎皮憨傻的可愛女生，才剛大學畢，眾姨們竟已緊張兮兮地認為已是拉警報年紀，那男生早忘了長相，普通到想都想不起來。

直到有一天當我發現不經意說起自己過去綽號是「水蛇腰」時，飯桌每個人竟露出了好像我在說謊的表情時，我知道我不能再老是黏在椅子上了，我整個人像是被時光坐壞的家具，等著被修復或當柴薪。

這就是為什麼連我老媽都「摸」不下去了，她用僅存的眼波餘光及手勁狠狠捏了我的腰一把，然後她遞給我一張說是可以改變我命運的名片。

窩在觀音山旁的小鎮人丁繁多，到處是漆著說綠不綠說藍不藍的鐵皮屋工廠。幾家位在河圳旁的鐵皮屋染廠把小河染成了血腥，久了又成了肝褐色。等我尋到公寓下方時，烏雲已經追趕到頭頂上方。

按了電鈴，大樓門開。大白天裡依然是一團黑漆漆的樓梯，我得小心走著才不至於跌倒。門開，見整骨師髮略禿，這稍微讓我失了點信心，他真的可以改造我的身體？正當我這樣想時，卻發現這師傅身材勻稱外，手臂精實，一點贅肉也沒有，且皮膚粉嫩，身骨細挺，我頓時有了信心。

「我要玩妳的背！」整骨師丟了一件遮前胸的露背衣給我換下。我第一次聽到「玩妳的背」這種性感的詞，要非老媽已給我心理建設，可能我會誤以為性騷擾。我邊褪去外衣的同時邊悄悄打量著這個空間，這空間的擺設也有一種被主人整過的氛圍，非常極簡乾淨，仿明代家具隱藏著個人的低調品味，和我老媽的空間完全不同，老媽對生活用度與用品很直接，沒有任何為了美而存在的多餘裝飾，杯子就是喝水，電燈就是照明，食物就是吃飽。唯獨她對我的外表很在意。

小娜，女人一胖就顯老。她老盯著我的身體變化，唯恐我肚子偷藏了男人的種。我總喊冤，沒啦，吃胖的。既然吃胖就能減回來，她說。但她卻不要我去掛減肥科，因為她聽阿姨說，我不是真的胖，是骨頭變形，骨頭將肉撐開撐胖。「裡面都是空氣啦，原來妳的肉會呼吸。」母親又說，笑得我腰痛。

但像母親那樣照顧色身者，現在卻是眼耳漸入寂滅。想到此，問師傅能否治母親眼疾。師傅說很慢很慢，眼神經很細很細，乾掉就像電腦失去了電源線，不再作用。

之前眼科醫師說我也會有四成機會遺傳自母親的眼疾，但既是機會也可能不會發生。提早檢查是好的，於是我進行著視血管、視網膜、視野等檢查，瞳孔盯著螢幕，如漂游在銀河星辰。「遇見任何的強光弱光微光，都要按下按鈕，這樣可以檢測妳的視野看得多寬多遠。」做完檢測，瞳孔離開星球，醫院天花板燈管閃爍頓如刺傷光害，我低度的視線勉強穿越了光，走至外頭和一群老人等領眼藥。步出醫院，約是藥水作用，眼前果真成了花花世界，車速飛快如光，我心幻想著帥哥行過拉著徬徨的我過馬路。

老媽有回就抱怨她一個人來檢查眼睛，走出醫院，外界頓成烏暗天，所幸有一女子見她佇立無助，竟帶她回家，一路且問著她是否沒有家人，不然怎麼一個人？「妳是我女兒，卻比陌生人還不如。」大人冤枉啊，女兒不知妳要去醫院。

這樣想時，我的肩骨兩側的肉頓時被碗公般的玻璃杯吸住，玻璃杯如響尾蛇的毒嘴緊緊喫咬著肉，杯中溢著血滴子，疼痛讓我瞬間從舊憶彈回當下。

「從妳的骨架可以看出妳是一個刻苦的人。」整骨師說。聽此言我嚇了一跳，我一直以為自己是個逸樂的人。「要扎針了喔。」他預告疼痛將襲，而我早已準備被支解。他在扎針處抹上酒精，手指並沿著我的脊椎骨緩緩滑下，可以感覺其手指呈S狀。「妳是中S，不是大S也不是小S，彎的幅度說大不大，說小不小。妳的骨架異於常人。」他說我的骨架要調很久，需要時間與空間才能還原。

我起先聽成鍾S。

整骨師是手藝師，每一根針都在他的神指下戳進了皮肉，不久身體就插滿了針，像十八銅人。藉針灸分離骨肉，接著才能整骨，沒有鬆掉骨與肉而直接整骨是會受傷的。當骨肉沾黏時，就更需時間分離。我得先幫妳骨肉分離，他說。

我的畫面卻出現老媽讓一個陌生女子帶回家的畫面，她對陌生人怨著親生骨肉在生病時卻不在身邊。

妳不是胖，妳是肉裡有氣。氣消，肉就貼回骨頭，就顯瘦了。結束一個小時的疼痛，換得了些許輕鬆。就這樣，這一年我大約一週或兩週來此報到。我媽看我去得算勤快，和姨通電話時很高興，像是已經看見我的美麗變身未來。

如峨嵋派的整骨師傅，一個乍看不像是可以幫女人打造夢想的歐吉桑日日如高僧地立在那簡潔的空間裡。

「妳的心受傷很久了，血都是黑的。」有日他說，「且妳以前跌倒過，跌得很嚴重。」他說。我想著，小時候媽媽騎腳踏車載我去買菜時，我曾從媽媽沒停好的車跌落？或者是小學時玩捉迷藏，從榕樹跌下？或者腳拐到跌倒？大學情人騎機車時撞上電線桿時跌傷？或者是在補習班當班導時手裡捧著考卷卻踩空階梯而滾落？沒錯，我跌倒過，且常跌倒，雙魚沒有腿，容易跌倒。

我且看見一個小女生在陰黑裡寫功課，一邊啼哭一邊寫作業，一筆一畫寫著國字：小熊有一個夢，小熊有一個夢……十遍二十遍三十遍地罰寫下去，天色晚了，屋外暗光鳥呀呀呀嗚叫，她的眼皮好沉重好沉重，像是一旦闔上就再也無法睜開了。一個小女生看著躺在木箱裡的父親睡得很沉，任母親的哭喊拍打也醒不過來。長年坐在撿來的軟椅上寫字，承受不住重力的脊椎逐漸扭轉成S，不再走直的脊椎卻洩漏了人的過去。

在疼痛的時間裡卻看見了往昔被感情與時間支解的肉身，是沉重的靈魂讓肉身變形。肉身需要呼吸，但吸了太多的無明氣：生活的氣，壓力的氣，感情的氣。「骨正經柔，心開脈解。」我聽見整骨師在背後說著，似乎很滿意他在我身後「玩背」的成果。

他完成一個成品後似乎心也變輕鬆了，忽然有感而發說起自己幫別人的身體骨肉分離，卻也搞得自己骨肉分離，妻離子散。我才知道他妻子離去，也把孩子帶走。難怪我總是看他一個客人接著一個客人，彷彿是一個小時就固定開出一班的列車，分秒不差，一個鐘點換一個客人。

我給他時間與空間後，也換回了原來的自己，回到自己的我，感到輕鬆，骨正氣順，氣不再在骨肉裡亂流竄。

終於結束「被整」的日子。於今我在咖啡館回憶著相處許久的整骨師，這精瘦如身懷武功的師傅可是摸過我「背」最多的男人呢。咖啡館旁是家甜甜圈，還好沒有特別想吃的感覺。

「沒有小孩子喝咖啡的，妳不要在旁邊再給我鑽來鑽去，影響我和阿姨說話了。」咖啡座旁有兩個女人和一個小女孩。我又看見了我的童年畫面，活在一堆女人家的碎言碎語裡。我所畏懼的也不再畏懼了，在母姨們身旁做功課的那個小女孩現在看起來挺快樂的，記憶可以改寫。但能不能凡事都敏感，卻又凡事都能輕鬆以待？輕鬆卻敏感的人生？整骨師的臉瞬間飄在眼前，他微笑著說：「妳會是個示範，自己生命的見證。」啊，這整骨師忽然變成母親公寓裡的電視說法師父。

我最後一次見他時，他即將遠行，他將至夢裡的香格里拉，他想看看往昔曾打坐過的山洞。他像是在等著做完我這個客人後就準備收山似的。我忽然想起佛陀，佛陀在入涅槃圓寂前說他還有一個有緣弟子見了才能辭世，彼時祂看見一個老人正渡過重重山水，一路長途跋涉朝祂而來，一個為了趕在佛陀圓寂前獲得佛陀開示的老人。我當然沒有這位老人長途跋涉的精神，我最多就是騎著我的小綿羊來到身體改造的夢想園地。

我的腰又恢復了些許年輕時水蛇腰的影子。

「來，眼睛看上面。」我幫母親點著眼藥水，她的眼睛早已不再流出透明的淚水，她的眼睛流出的是紅如夕陽的血，兩行血淚，怵目驚心，陳年眼淚化成血。她的手忽然伸過來用力掐我的腰。嗯，沒胖回來！她說著，嚴苛的臉散出稍稍滿意的笑容。

骨肉相聚，骨肉分離，但骨肉始終是骨肉。我拴緊了眼藥水，接著在藥包裡找出寫著「鍾小娜」名字的眼藥水，準備減緩一下這骨肉遺傳給骨肉的美麗苦痛，我和母親骨肉沾黏得太久太久了。

——選自《聯合報》副刊，二〇一一年九月十一日

●————○　**筆記／凌性傑**

這篇〈骨肉〉寫得虛虛實實，字裡行間充滿暗示。作者以散文語調進行敘事，以小說筆法布局謀篇，場面調度靈活有致。文章中的「我」名為鍾小娜，得了不明原因的咀嚼症、無意識地嗜食。當母親的手碰觸到女兒發胖的手臂腰臀，論斷手臂胖就是老了，那場面刻畫宛如生產線上的員工在為產品把關。於是在母親指示下，女兒前去接受整骨師的手藝整治。整骨治療對付的不只是身體，

還有記憶深處的沉痾。根據整骨師的說法，敘述者「我」骨架異於常人，那不復挺直的脊椎洩漏了過去的傷害，骨架之間竟還藏著刻苦的心性。整骨師藉由針灸分離骨肉然後調理經絡、開解心脈，讓肉身重新呼吸、靈魂重獲安頓。

固定的療程，讓整骨師跟鍾小娜聽取了彼此的人生，交換了生命敘事。文章題目下得尤其精準，骨肉除了指稱敘述者的身體狀態，亦暗示母女之間的血緣情分，以及整骨師妻離子散之事。「骨肉沾黏時，就更需時間分離。」一語雙關，身體裡的沾黏與親子關係糾結實乃互為表裡。蘇珊・桑塔格說：「我的生活就是我的資本，我想像力的資本。」鍾文音這篇作品把苦痛的經驗、生活的遭遇作為資本，構造出足堪馳騁想像的空間，確實相當高明。

鍾文音，一九六九年生。台灣雲林人。兼擅攝影、繪畫，寫作以散文和小說為主。曾任職媒體，現專事寫作。過去曾參與國內外各地大學駐村計畫。曾獲中國文藝獎章、聯合報文學獎、時報文學獎、台北文學創作年金、林榮三文學獎等獎項。著有散文集《寫給你的日記》、《孤獨的房間》、《情人的城市》等；短篇小說集《一天兩個人》、《過去》等；長篇小說《艷歌行》、《短歌行》、《傷歌行》等；近作為散文集《捨不得不見妳：女兒與母親，世上最長的分手距離》。

小女生

鍾怡雯

小女生老了。

整個冬天，小女生用她前所未有的沉重鼾聲提醒我，她老了。

我詫異的發現，老貓打鼾的節奏和聲息，竟跟人熟睡時的呼吸一模一樣。吸進夢裡的空氣化成抽象的囈語，唏，噓！唏噓！都說些什麼呢？那唏噓的夢境，那些長長短短的輕聲嘆息。我不時停下手邊的工作，久久地觀望蜷縮在墊子上的圓球體。

這隻七點五公斤的母貓，今年四月滿九歲。豐潤毛皮讓她容光煥發，看起來總也不老，還有些豔光四射的模樣，儼然貓中尹雪豔。因此得出結論：老了，得長點脂肪長點肉，豐腴些，才不會一笑就牽扯出一把刻畫生命深度的皺紋。然而年輕的外表下，包裹著正在老去的身體，小女生畢竟上了年紀，當鼾聲響起，我不得不慨嘆，我們的感情，竟然有了九年的重量。

以人的年齡換算，小女生早該是歐巴桑含飴弄孫的年紀。長長的九年，我們的故事應該一大籮筐。認真回想，那些細節卻又稀鬆得很，不就是人貓之間的尋常日子嘛！我常常在樓下揚聲叫，小，女，生。她不應，我就泡茶洗水果翻報紙，邊唱歌似的，變化著音節組合成十幾種不同的小女生叫法，叫到最後，小女生的「生」字不是帶著不耐煩，便是透著求饒的語氣。反正，軟硬兼施非把她喊下來為止。

這是我們的相處模式，人貓不離的配對。我的依賴性很強，小女生的寬容則帶著寵溺的況味，這點通透也是尹雪豔式的。只要喊她，哪怕正酣眠，也會睡眼矇曨晃下來。不過她走路奇慢，跡近遲緩。從四樓到一樓貓影現身，足夠我唱上十遍以上的小女生。心情好時，她會邊下樓邊應，我叫一聲她喵一下，那喵可是高低起伏，節奏韻律次次不同。心情不好，無聲無息直接踱到一樓，仰起貓臉，翻個大白眼，露出「這不就到了嗎?叫什麼叫？」一副沒好氣的表情。這一刻，我常弄不清楚到底誰是主人，誰是寵物。幸好我們之間沒有面子問題，有幸當貓的寵物，我也十分樂意。

其實大可不理我的耍賴，但她總是順著我。她是一隻膠水貓——很黏。這點我們彼此彼此，沒得怨。只要她醒著，沒見到人，必然不滿意的鬼叫。上洗手間，她喵。泡澡時門一關，喵得更兇，似乎明白我泡起澡來耗時曠日，又得好等。她像鄭愁予筆下的情婦，是「善於等待」的——我出門常一整天，她不得不等。可是只要在家，就得被她跟監。否則她會發出被忽略的生氣吼聲，標準的潑婦罵街式。七個月大結紮時，她的怒吼把一隻等著洗澡的貴賓狗嚇得直抖。沒養過這麼驃悍的貓，也第一次見識到狗怯懦至此，覺得我們小女生當真是貓中英雌。

向來吃軟不吃硬，小女生要我事事順她，我就存心跟她嘔氣。憑什麼就得隨時讓妳看見？有本事就叫個夠吧！她隔著浴室的門抑揚頓挫開罵，我泡著熱水心裡暗樂。實在不耐煩，便回吼，小女生鬼叫什麼，煩死了！音量一提高，她知道我動了氣，立刻住嘴。這是九年的生活默契，真不容易。最難的相處哲學莫過於退和忍，以及不計較。小女生就這點好，善忘且寬容。

我最常跟她講的話是：小女生，等妳死了，做成標本好不好？似乎巴不得她早死。其實這話裡有隱憂。從小家裡養貓狗，我最怕生離死別的裂痕難癒。不告而別和病痛亡故，同樣令人難過。傷痛最深那次，是養了八年的黑狗病死。母親趁我上學，埋入紅毛丹樹下。黑狗去了，留我獨自穿越黑漆的油棕園上學；黃昏，少了看落日和說話的夥伴，只好對著夕陽憑弔往昔相伴的時光。每見狗墳，仍止不住淚。

小女生的手足小肥跟我們一起生活六年，不幸應驗了生離。分別三年，我仍深深懷念他柔軟好聞的肚腹。啊！那段枕在小肥肚腹的時光，那令人懷念的「小肥之味」。而今終於明白，為何所有的香水都無法觸動我。原來，獨一無二的「肥之味」是我的最愛，那裡面有生命的溫度和熱能，以及失落的依戀，又豈是量產的氣味所能替代？雖然小肥終將不朽——我們的故事已永藏繪本。可是，要繪本做什麼？若能選擇，我毫不遲疑要換回那個可觸可枕可聞的貓肚。

生離的痛已嚐過，我懼怕死別突襲，所以早早給自己做好心理建設。小女生自小有氣喘，哪天她毫無預警的死了，至少還有標本陪著。她黏人卻從不給抱，做標本最合適。這事小女生是贊成的。每回我說，把妳做成標本。她答，喵。聽起來像是「好」，黃褐色的大眼雪亮，為這個點子喝采似的。據說貓最老可活到二十三歲，我該拿小女生的八字去算命，看看她陽壽多少，心裡也好有個譜。

這隻貓極度放鬆的姿勢是四腳朝天，袒胸露腹，一副推心置腹掏心掏肺的不設防。這姿勢太誘惑，我忍不住用腳輕揉她的肚腩，邊說：「踩死妳」；或者用手圍住她脖子，說：「掐死妳！」根據她的反應和表情來判斷，一定以為那三個字是「愛死妳」，所以放心的任揉任掐。我怕哪天邪心一起，當真把她給踩扁掐死，遂努力克制自己，不再玩危險遊戲。

小女生原來叫雌咪咪，小肥叫雄咪咪。很沒想像力的名字，天下的貓一律可以咪咪稱之。後來雄咪咪長得胖又壯，改名叫小肥。麒麟尾的小女生冰雪聰明，像鼠鹿，便用上這個可愛的乳名。那時還住新店美之城，小肥是過動兒，老學鸚鵡穿過鐵枝爬到隔壁去，小女生會發出急促的叫聲通風報訊。小肥闖禍受罰，她靜坐遠觀，待我們走遠，才敢去舐小肥安慰他。

小肥勇於嘗試，小女生則行事謹慎，凡事先禮讓小肥。小肥走後，她一改當旁觀者的個性，開始撒嬌和黏人，接收所有小肥的習慣，包括阻止我講電話。電話鈴響，她會踱到身邊，前腳搭在我椅墊上。我講，她也講，不是罵人時強勁有力的「喵」，而是輕輕顫動的一連串「咩」，乍聽之下，真像小孩撒嬌叫媽。曾經有個朋友話講一半，語帶歉意的問：「妳要不要先忙小孩？」所以我講電話，還得拍她的貓頭讓她閉嘴。該死的是，那張仰起的貓臉分明寫著「我很滿意妳沒有忽略我」，而非「謝謝妳重視我」。

小女生占有欲強，且憎恨同類，除了手足小肥。以前餵野貓，老是有三隻兄妹喜歡跟我們上樓。不巧有一回木門關得慢，被小女生撞見，當場跟我們翻臉，連人帶貓一起罵，還發了整晚脾氣，不理我們，小肥也成為出氣筒。那晚二人一貓皆不敢吭聲，領教了母貓醋勁的可怕威力，當然再不敢造次。餵貓回來，只要手上沾了野貓的味道，她會翻遍家裡每個角落，試圖找出那隻不存在的假想敵。回家或出國旅行，不敢把她寄養寵物店，怕她見到同類會發瘋，總是得勞煩她乾爹胡金倫來家裡小住，除了我們，小女生最黏乾爹。他來了，小女生跟他講整晚的話，親熱的很，胡金倫叫她「肥婆」，她竟沒意見。

小女生原來十分嚴肅拘謹，跟現在的膠水貓形象差距甚遠。因為小肥跟我「對味」，成天我總是肥呀肥的叫個不停，老膩在一起說話，耳鬢廝磨，小女生則蹲得遠遠的觀察，表情很複雜。我納悶，在想什麼？這隻冷淡而不近人情的貓。如今回想，她大概在觀摩人貓相處之道，因此小肥走後，她把偷學的招數全使上，稱職的取代了小肥，讓我們心甘情願安於二人一貓的世界。沒有辦法取代的是「肥之味」。她身上的氣味和貓毛奇怪的只會讓我打噴嚏眼睛發癢，我怕她撫她把毛掀亂，卻絕不敢拿自己的鼻子和眼睛開玩笑。

有些怪癖我始終不明白，譬如，小女生喜歡我們拍打她——用手掌大力拍打貓腿子，力道愈大她愈愛。「生命中不可承受之爽」大概就是她被重打時，不知該如何發洩快感的樣子。我想她有被虐傾向。

對吃，小女生極有個性。她只吃貓餅和水果，不吃魚，大大的顛覆了貓吃魚的刻板形象。至於水果，喜歡跟她毛色一樣的柿子和木瓜。說不定，正是水果頤養出小女生豐潤毛皮尹雪艷式的風華。曾在馬來西亞養過嗜吃榴槤的貓，吃紅毛丹會吐核的狗，到了台灣，寵物改吃土產水果，那是理所當然。榴槤貓和紅毛丹狗都長壽，我因此希望小女生當柿子貓或木瓜貓，永遠不老。

——選自《我和我豢養的宇宙》，九歌

●————○ **筆記／凌性傑**

日本作家埴谷雄高曾經說過：「一生中，人能自主的唯有自殺和選擇不生孩子。」「孩子容易成為人自私的藉口。」因為這番話，我才稍微理解生養小孩與養寵物應該有著本質上的差異。我私自揣測，親生骨肉常常被視為自我生命的延伸，寵物則像是鏡子，映射出另一個的自我。人跟其他動物之間，無法藉由語言進行溝通，但是養毛小孩的人或許都是懂得通心術的。我也相信，不同的物種之間可以憑藉直覺，相互感知並且理解。鍾怡雯這篇〈小女生〉講人與貓的相依相惜之情，文章裡的小女生和小肥這兩隻貓是手足同胞，其實也是鍾怡雯的家族成員。這或許也是某種意義上的多元成家吧。

鍾怡雯寫小女生看起來總也不老，但其實貓齡已老。小女生的性格鮮明，黏人、善忘且寬容。在這個家裡，人貓不離，早已分不清誰是主人誰是寵物。鍾怡雯的書寫，泯除了主客二分的界線，純粹用生活場景來代替定義。小女生老了，名字仍是小女生，老與死的陰影卻不免帶來隱憂。生離死別寫得再怎麼詼諧、再怎麼舉重若輕，愛與苦惱的糾結終究還是令人難以釋懷啊。

鍾怡雯，一九六九年生。馬來西亞霹靂州怡保市人，著名馬華文學作家。師大國文所博士，曾任職《國文天地》主編，現為元智大學中國語文學系教授。曾獲吳魯芹文學獎、聯合報文學獎、時報文學獎、梁實秋文學獎、中央日報文學獎等獎項。著有散文集《野半島》、《陽光如此明媚》、《我和我豢養的宇宙》、《麻雀樹》等；編有《九歌100年散文選》、《雄辯風景》、《后土繪測》、《散文讀本》（與周芬伶合編）、《華文小說百年選》（與陳大為合編）等書。

原是一名抄經人

許悔之

為愛狗尼歐抄寫〈心經〉

捨得，捨不得。

沒有一步到位的智慧，都是在煩惱中、痛苦裡逐步學會的。

元月十一日，我的老狗尼歐捨報了，下午，我從五洲動物醫院開車把他接回家，停在地下二樓的停車場，抱著他要坐電梯的時候，他突然睜大了眼睛看我，劇烈喘了幾口氣，當我開了家門，把他放在狗窩中，幾秒鐘，他便斷了氣，他的眼睛瞬即黯淡，黑白分明的眼球彈指轉而為灰，我為他蓋上往生被，開始為他助念，直到八個小時後圓滿。

一直想要為尼歐好好抄一次心經，但是因為他此生最後一段時日的重病，我必須常常抱他飲水、上廁所或就醫，又因為他的心臟脆弱，所以我用一種不合人體工學的姿勢抱他，而導致右肩受傷，手力不濟，一直到一月三十一日凌晨，我取出旭原、惠美從京都為我帶回來的筆，開始為尼歐抄了一次心經。

其實兩年前的冬天，在春節過年之前，尼歐就曾經離死亡很近。

那年尼歐在五洲動物醫院住院，我的大兒子去看望陪伴他時，為他念《紅樓夢》，我則多為他念觀世音菩薩普門品及六字大明咒，那時他的身體敗壞，也長了攝護腺腫瘤，各項生理指數都顯示他是一隻即將捨報的狗。那個冬天，我也曾為他抄心經。

尼歐不是寵物，他是我的狗兒子、我的家人。

尼歐是一隻狗，也是我的菩薩

二〇〇四年初，農曆春節有六天五夜的假期，在那之前，正是我生命最艱難困頓的黑暗期。春節假期，我一人在家索居，也決定好，過不了關時，自殺的方法。

終究我佛慈悲，我終究靠著抄經，度過了那六天五夜。我用大張的紙，抄寫法華經的觀世音菩薩普門品、化城喻品，也為一位朋友抄寫注解了一部心經。

那個酷寒無比的冬天，我記得是不下雨的乾冷，還有些微陽光，尼歐那時是不到一歲的小狗，純種好看好動的米格魯。有時抄經累了，我躺在地板上，他就過來舔我的臉，我就告訴他，我人生所有的恐懼、黑暗和不堪，他用慧黠的眼神表示傾聽和理解，他並不需要言語。

有時尼歐跑近他的外出皮繩旁，叼著皮繩跑近我，希望我帶他去戶外散步。

對於那時缺乏行動力的我而言，有萬般不願意。我曾經喃喃的向尼歐說過「我都決定要自殺了，你還要我帶你去散步?!」

尼歐堅定的叼著皮繩，左右蹦跳，他那種全然純真的眼神讓我無法拒絕，所以，我滿他的願，就帶他外出散步、晃盪，有時一個小時，有時兩個小時，戶外的陽光照著我們，並不能驅趕我心的寒冷，但我們相互陪伴。

我的心中也開始有光，慢慢的照破了黑暗。

有一天凌晨，抄寫觀世音菩薩普門品，抄到手累了，暫停休息時，閉上雙眼，眼中心中可以感覺無量無邊的柔光紛紛，宛若細碎的鵝絨漂浮在空中，那一刻，我感覺到真正的平靜、自在、內外不分，好像我的心與這個世界不再衝突乖違了。

兩年前的冬天，尼歐曾經離死亡很近，那讓我痛貫心肝！我常常掉淚痛哭，捨不得我的救命恩狗就要死去。

一天晚上，一個道場的方丈和尚打電話給我，我向方丈和尚傾訴我的捨不得，方丈和尚慈悲，告訴我，那天晚上，他會為尼歐念佛。

同一天晚上，C打電話給我，她是一位成功的企業家夫人、一位學佛的大姊。她先是對我當頭棒喝，喝罵我死生本有因緣，竟還哭哭啼啼，學佛都白學了。但她告訴我，今天晚上，她會為尼歐念一整卷《大孔雀明王經》。

過了那一晚，尼歐不可思議的脫離險境，終在過年前出院回家。

這兩年來，我總是在尼歐跑近我時，為他念六字大明咒，跟他說，希望他下一世，能得到人身，可以自己思惟佛法，儘早解脫。

其實，七八年來，我都這樣為尼歐念說六字大明咒了。

他曾在一個異常艱難的冬天救我於死生懸崖之前，我理應回報他諸佛菩薩的智慧慈悲吧。尼歐是一隻狗，也是我的菩薩。

那一個抄經的冬天假期，他慣常或坐或睡在我腳旁，不須言語的陪伴，其中並沒有密意，就是全然的信任陪伴，沒有語言的誤會，心與心可以直接會通。

假若那個冬天沒有尼歐，一切因緣的流轉就會不一樣了。

甚至尼歐到生命的最後一刻，都對我慈悲。

他所患之疾，動物醫生告訴我，最後會舌爛吐血，家人不忍見尼歐如此，希望在最後時刻能夠安樂死，不要讓尼歐受苦。

我沒有馬上答應，那跟我佛法的訓練不符，尼歐會昏昏沉沉進入中陰，於他後來之世，甚不妥當。但我的內心非常煎熬，也動過念頭，告訴自己，不得已的時候，就進行吧。有好幾天，我的內心痛苦萬分。

尼歐捨報那天中午，我帶他去醫院皮下注射，他在診間，開始口中滴血，我也動了念頭，或將進行。

下午我去接他，依每日之慣常載他回家，他終究決定了離魂在我的懷裡、死去在我們的家中。他成全了我，圓滿我之所願：希望他在斷氣之時，我在他的身邊，為他八小時專心助念。

二〇〇四年初，尼歐陪我抄經那六天五夜過後，我就沒再想過自殺了，那個我從小就曾浮現多次的念頭。

我也在那之後，變得比較認真學佛一些、專心抄經一些。

因為專注，可收放心，可以降伏狂心

蔣老師急性心肌梗塞那幾天，我就每日為他抄一次普門品偈頌，珠兒汪浩搬家，我也抄普門品偈頌祝福；有時抄心經，有時抄觀世音菩薩普門品偈頌，身邊長輩朋友，或有得之，那都是我的祝福。

抄經念佛持咒，會「沒有苦厄」嗎？不會的，只是會讓我們「度一切苦厄」，是「度過」，而非「沒有」。

二〇一一年，我曾經為大兒子抄了一本普門品偈頌的冊頁，送給他做為祝福，那是他要進入青年前最藍色困惑的時候，有一天凌晨，我在回想自己和他的因緣，就慢慢抄了這本冊頁。他還如此年輕，我相信有一天，他會知道佛之深恩、菩薩慈力，也會學得「度一切苦厄」。

抄經時的專注，可以忘記憂慮、恐懼、憤怒、不安，一筆一畫，因為專注，可收放心，可以降伏狂心。

狂心稍歇，歇即菩薩。

「我為汝略說，聞名即見身，心念不空過，能滅諸有苦。」我還沒有學會「心念不空過」，但這些年來，我已經習得一些對外境如幻觀之的能力，也大多能很快轉念，煩惱罣礙少了許多許多。

二〇一五年秋天，朋友送了我幾把京扇子，我寫了一柄心經回贈，也抄了另一柄，準備送給母親，夏天的時候，她可以用來搧涼。

如果有一刻，母親看到心經的句子，而少了煩惱、多了自在，那就太好了。

如果沒有，那麼我的祝福，願是母親搧涼時，清涼的風。

以無所得故，菩提薩埵。

我就是隨念隨緣隨喜的一名抄經人吧。

在主持有鹿文化之外，在做為詩人之外，我和許許多多有情眾生有緣。

一切法從緣而起，微塵或者世界，都是因緣和合的「一合相」吧；所以這一切因緣，也是幻化的「虛假而有」，這個世界，是一座「化城」。

那麼，這名抄經人，因為抄經而借假修真，路曼曼其脩遠兮，無窮止的慧命裡，且與有緣眾生同行。

我也和一隻狗，名叫尼歐，曾經同行。

——選自《聯合晚報》副刊，二〇一六年七月二十三日

●————○ **筆記／凌性傑**

每個人一生，被許多痛苦纏繞——生、老、病、死、貪嗔癡、怨憎會、愛別離、求不得、五蘊熾盛……這些貼身的折磨實在讓人沮喪，離苦得樂的想望便油然而生。許悔之的詩裡常有抑鬱危困，也多有頓悟超脫之道。他的書法作品備受喜愛，那是因為一筆一畫都有情致，充滿愛意與虔敬。他專注抄寫佛經，不問功德，只問修行，在那瀟灑飄逸的字跡裡，悄悄流洩了對這個世界的憐憫與關懷。

〈原是一名抄經人〉這篇文章以抄寫佛經為主軸，敘述自己與愛狗尼歐的塵世因緣，兼談個人的抄經體悟。抄經具有儀式功能，但又不只是儀式而已。他藉由抄經來安頓疲困的身心，也藉由抄經為尼歐送行。

尼歐在時，曾救許悔之於死生懸崖之前。在許悔之心裡，愛犬尼歐便是自己的菩薩。抄經人後來將智慧慈悲寄予筆墨，為親人朋友寫下祝福，也為有情眾生寫下祝福。玄奘法師說的「願以所修福慧回施有情」，大概就是這個意思吧。

面對他人的痛苦，抄經人祝願眾生能夠度一切苦厄，從無明煩惱中解脫出來。其中猶有深摯的感謝之意，感謝彼此有緣曾經同行。

許悔之，一九六六年生，台灣桃園人。兼擅新詩與散文。曾任《自由時報》副刊主編、《聯合文學》雜誌及出版社總編輯，現為有鹿文化事業公司總經理兼總編輯。曾獲中華文學獎、教育部文藝創作獎、全國學生文學獎等。著有散文集《創作的型錄》、《眼耳鼻舌》、《我一個人記住就好》等；詩集《陽光蜂房》、《家族》、《肉身》、《有鹿哀愁》等；近作為詩集《我的強迫症》。

三　跨文化美學行旅

《池上日記》節選

蔣勳

雲

從池上到俄羅斯，彷彿是走了一段很遙遠的路程。

離開池上的時候是五月下旬，翠綠乾淨的稻田上總是停著長長一條雲，若有事，若無事。

池上的雲千變萬化，有時候是藍天上一絡一絡向上輕飀升起的雲，像溫柔的絲絮，像扯開來薄薄的棉花，雲淡風輕，讓人從心裡愉悅起來。有時候整片雲狂飆起來，像驚濤駭浪，洶湧澎湃，彷彿可以聽到怒吼嘯叫的聲音，使人肅靜。

有時候是雲從山巒上向下傾瀉，形成壯觀的的雲瀑，從太平洋海面翻山越嶺而來，霎時間縱谷也被雲的浪濤淹沒。

這一路飛行，窗口看到的也都是雲，半夢半醒間，池上彷彿就在雲的後面，一路都是池上各種雲的記憶。

地球被分成了許多國家、區域。國家與國家有不可逾越的界線，界線上設置各種武器防衛。像南北韓之間的北緯三十八度線，在原來同一個國家之間，也是你死我活的界線。「領空」、「領海」、「領域」——人類不斷占有擴張的欲望如此強烈，要在海洋、天空、土地上貼上國家或政治的標籤。

從飛行的高空看下去，不容易看出國家與國家的界線，看不到防衛的界線。層雲的後面，常常是山脈起伏，河流蜿蜒，平原遼闊，縱谷叢林交錯，一望無際的海洋環抱著小小島嶼，而所謂城市，往往只是暗夜飛行裡一片點滴閃爍的燈光。

層雲的後面，我不太能分辨國家的領域，也許是越南或柬埔寨，也許是泰國或緬甸，也許是巴基斯坦或印度，也許是科威特或伊朗，也許是亞美尼亞、喬治亞或土耳其——我甚至不太確定，是西亞還是東部歐洲。因為高度，許多人為的界線都模糊不清，海洋迴盪，山脈起伏，河流潺潺流淌，平原無邊無際，天地自然有他們不被人界定的規則，一條一條大河潺潺湲湲流去，不因為國家的界線停止或轉向。

候鳥隨季節遷徙，牠們飛翔過的空間，大概也與國家無關。他們記憶的是某個山巒湖泊，某個海灣峽角，某個提供他們長途飛行疲倦後可以歇息的小小島嶼吧——

我記憶著池上不同季節各式各樣的雲，池上油菜花開時到處飛舞的白色小蛺蝶，夏日深藏在荷花蕊中蠕動鑽營的蜜蜂，布袋蓮粉紫淺黃，蒜香藤搭在牆頭的紫紅，豔到令人眼睛一亮。

我記憶著茄苳結了一樹褐色果實，和苦楝樹青黃如橄欖的苦苓子不同，我記憶著秋天四處飛揚銀白的芒花，入冬後走在大坡池邊，沿路落了一地水黃皮紫紅的花蕾，五色鳥和水鴨在冬天的池邊棲息，蓮葉枯了，蓮蓬裂開，蓮子掉入水泥中在春天發芽。

天空、湖泊、山巒，都是這些小小生命生長來去的地方，偶然看到白鷺鷥為了搶食，也驅趕其他同類，爭吵，占領地盤，建立界線，彷彿也有三十八度線的爭執。我隨雲走去四方，池上的雲，或輕飄，或驚駭，或愉悅，或沉重，有緣走過，也彷彿只是我嚮往出走的一次功課吧。

雲或許沒有領域，池上的雲散了，會去了哪裡？島嶼的雲散了，會去哪裡？如同這一路遇到的雲，阿富汗的雲、伊拉克的雲、俄羅斯的雲，它們都聚散匆匆，聚在何處？去了哪裡？

聖艾克修伯里

《小王子》的作者常常描述他「夜航」的記憶。他是飛行員，負責歐洲到非洲之間的運輸，因為要避開戰爭，常在夜晚飛行。寂寞的飛行途中，一兩個遙遠的燈光，讓他知道：沙漠或曠野，有人在生活。

《小王子》講述的是星球與星球間的對話，大象、蛇、玫瑰、狐狸、飛行員，都是自然中的生物，相愛或者相恨，也是自然的相生與相剋，與國家的偏見無關。如同池上的蝴蝶和蜜蜂，蒜香藤和布袋蓮，茄苳子和苦苓子，雲的輕颺或傾洩，只是因為那一天的風或溫度，與人的愛恨也無牽扯。

春夏秋冬，池上的季節更替，有生有死，生死看慣，愛恨的糾纏就會少一點吧。生死像是從高一點的地方看愛恨，界線比較不明顯，也無明顯你死我活的相愛或殘殺了。

因為常常在高空飛行吧，飛到那麼高，看不見人為的界線，聖艾克修伯里因此很少談國家。二戰期間，國家與國家戰爭，你死我活，每一天都有國與國的拚殺，每一天都有被轟炸的城市，像畢卡索的畫《格爾尼卡》——斷掉的手臂、張大哭嚎的嘴、死去的嬰兒、破裂的燈、嘶叫的馬、世界顛倒、鬼哭神嚎——

然而聖艾克修伯里看不見法國，也看不見德國。從高空看，法國不必然是祖國，德國不必然是敵國。沒有國與國的界線，孤獨者飛行在夜晚的高空，如此寧靜，他看到的是一片沒有國界的星空，若遠若近，寂寞而又環抱著他的溫暖的星空。

慘烈的戰爭快要結束了，夜航的飛行員沒有回來，不知他飛去了哪裡。紀錄上是飛機失蹤了，我總覺得是聖艾克修伯里不想回來。不想回到有界線的人間，不想回到界線與界線不可逾越的人間，不想回到界線兩端彼此憎恨廝殺的人間。他孤獨夜航在無邊無際的星空，他一直飛行，去了沒有國界的神話的領域。

有時候在池上仰望星空，覺得那一點移動的光是他，是夜航者在星空的書寫。

夜晚的池上，春末夏初，金星總是最早閃爍，黃昏就出現了，古代東方稱為「太白」，也叫「長庚」，在古代希臘，她是維納斯，愛與美的星宿。

二〇一五年，金星旁邊有一顆愈來愈靠近的星，「祂要跟木星合體了——」躺在田埂上的觀星者說。說完他呼呼大睡，彷彿神話自有愛恨，也與他無關。

池上其實很像一則神話，沒有短淺愛恨的邏輯，沒有預期，也沒有失望，走在田埂間，春耕秋收，看大坡池的荷花生，荷花枯，想起李義山的「荷葉生時春恨生，荷葉枯時秋恨成」，詩人悵恨，多只是時間的憾恨，「恨」是心裡艮著時間生死的無奈惆悵。日日夜夜，看星空和雲的流轉，星空是書寫，荷花、苦苓子、蝴蝶、雲和稻田，也都是書寫，無關乎愛恨。

池上的日記寫了很多稻田，或許應該有一大段是雲的日記，或是星空的日記，但我笨拙，不知道如何書寫。

颱風前夜，縱谷颳起焚風，快要收割了，農民憂心，這樣酷烈的焚風，吹久了，會讓稻穀焦死。還好不多久停了，天空出現紫灰血紅的火燒雲，華麗燦爛如死亡的詩句，我看呆了，農民自去福德祠前合十謝土地神。

池上有神話的星空，也有神話的雲，古希臘為星空命名的時候，歷史還沒有開始，特洛伊的英雄，看過屠城前的火燒雲，像荷馬盲人的眼瞳裡閃過的驚惶。特洛伊的史詩與其說是歷史，不如說是神話，特洛伊的英雄也多半還是神話的後裔，像阿基里斯，母親提著他的腳浸入不死之河，他就有了不死的身軀，只有足踝上留著致命的痕跡。

歷史慢慢不好看了，少了神話星空和雲的飄渺、虛無、空闊，少了非真非假的慨嘆詠唱，歷史只剩下人的粗鄙的聒噪喧譁，逐漸不安靜了。聒噪喧譁，不會看懂雲和星空的無限永恆，也不會懂神話的美麗。

——選自《池上日記》，有鹿文化

●——————○ **筆記／范宜如**

蔣勳的文字、聲音幾乎已成了生活品味、美學觀念的表徵。閱讀《池上日記》，情韻緜邈如雲的舒展，有敘述有反思。時而羚羊掛角，天機自現；時而情迷家園，憂懷眾生。這本書有晚明小品式的詩意記事，在顧盼之間，節氣與日光，絲瓜、荷葉殘梗與蒜香藤，芒花、稻穗與桊實的土塊都書寫著池上的生命力。

有意思的是，蔣勳是以「世界」的眼光來看池上。卷二的「日光四季」，錯落著深秋的高野山、喬弗里湖、巴黎塞納河的堤岸新芽，而池上在其間，既是逗號，也是無盡的驚嘆號。與早期孟東籬的《鹽寮日記》氛圍不同，孟東籬是生活的踐行者，而蔣勳則是生活的發想，細節的凝視，生命的映照，對天壤的扣問。

你以為他在池上不問世事？不是的，他創造了一種生活態度，「風物從茲欣所遇」，從雲的流動想像世界的型態。雲是意象，也是某種文化想像，亦是觀看世界的方式。文章如雲之流轉，從聖修伯里到李商隱，從火燒雲到神話，無非是人間的相視、扣問，對照，像他所說的「若有事，若無事」。文末對於聚散的提問，如沒有國界的雲域。水流雲在，生命何時能如如不動？星空、雲及稻田都是時間的書寫。「大山篤定，流雲自來自去，彷彿天長地久。」這是池上風日的回聲。

蔣勳，一九四七年生。中國文化大學史學系、藝術研究所畢業，並曾赴法國巴黎大學攻讀藝術研究所。曾任《雄獅》美術月刊主編、東海大學美術系主任、《聯合文學》社長。創作文類橫跨小說、散文、新詩、藝術史與美學論述。著有散文集《池上日記》、《捨得，捨不得——帶著金剛經旅行》、《肉身供養》、《微塵眾》等；藝術論述《美的沉思》、《天地有大美》等；詩作《少年中國》、《多情應笑我》、《眼前即是如畫的江山》等；小說《新傳說》、《情不自禁》、《寫給Ly's M》；有聲書《孤獨六講》；畫冊《池上印象》等。

如果有一天你去金澤

黃麗群

台北起飛的飛機，在小松機場降落時，通常剛剛入夜。這是日本海側北國之地小麻雀一樣的航空站，此刻只有這一班次入境，早點進關的話，能看見工作人員漫不經心打開日光燈，一切閃閃爍爍，移民官一面整理衣領，從辦公室出來，一面魚貫進入驗關的卡座。他們神情也接近魚肚，平坦的青白色，光線下有絲脈的痕跡。

如果有一天你去金澤，這場景讓你感覺腦內有軸心喀噠一聲落鍊，身體裡晝夜嗡嗡的低頻噪音一時停止，或許你會像我一再重覆來到這城市。

黑夜中開往金澤的機場巴士像是開在天空中央的銀河便車，公路的一側日本海如萬頃墨琉璃，另一側是超展開的荒原，燈火星散於遠的最遠處，我猜想任何人在這四十分鐘的車程中，無論結伴與否，都能追根究柢地體會人是如何地舉目無親。有些人在中途幾個停靠站下車，那些位置都荒涼得無從措辭，附近既沒有停車場，也沒有民居，只有一盞照亮站牌的路燈。燃燒殆盡的白矮星。我總是望著他們能夠從這裡再往什麼地方去呢？

看不出什麼前因後果。車子很快駛開。

直到慢慢接近市區，也不是忽然就冒出騰騰的人間煙火，而是雨後地面一泓一泓的水境光質逐漸漸有化身處，落實了。

●

金澤是北陸三縣（福井、石川、富山）懷抱的明珠，舊名尾山，約於慶長年間（西元十七世紀初）改稱金澤。傳說古早此地出產砂金，今日仍以製造金箔知名（幾乎每個觀光客都要吃一支金箔霜淇淋拍照打卡啊），四季細潤，多雨，以「加賀百萬石」富養一方。名與實都是金生麗水的清吉氣象。霜雪沛然，古時一入冬就封山封路，賤岳之戰時羽柴秀吉算準這一點，拖延著以北陸為基地的柴田勝家大軍。

柴田老驥伏櫪，在春來之前，全軍奮力鏟出一條終究通往覆滅的征途。

此後，前田利家獲封加賀、能登、越中等地（江戶時期統稱加賀藩，範圍為今石川縣與部分富山縣），金澤無血開城，並為藩主居守。前田一族長於內政，日本古有「精於政事者，第一加賀，其次土佐」之說，藩政時期歷出英敏壽考之主（例如，被稱為名君中的名君的前田綱紀，在位凡七十七年），數百年物阜民豐。

不過，如果有一天你去金澤，不要被蒔繪輪島塗，或九谷燒或加賀友禪的華彩所撩亂了。北陸一地真正內秀之處，其實是古來一年裡長達四分之一的孤懸與隔離。以及由此而生的一色雪白安忍之心。這讓金澤具備一種調和的不調和感，世俗的非世俗感，十三不靠，而和光同塵，其他城市所少見。明治維新廢藩置縣後，日本經濟形勢大變，金澤從原來全國第四大城位置一再後退，五木寬之寫《朱鷺之墓》，一部分背景就在日俄戰爭後的金澤，筆下一眼望去寥寥的灰涼的溼霧。此後多年人口外移（直到這兩年才停止負成長），地方鐵道陸續廢線，一條東京直通金澤的北陸新幹線從確立建設計畫到正式營運，歷四十年。媒體以「悲願」稱之。

通車後，地方政府歡欣鼓舞，一般居民顛倒是淡淡。畢竟，翻山越嶺的日子也這樣過了四十年啦……

在飯店安頓好，通常已近晚間九點。有時我出去吃碗拉麵，喝夜酒也不缺乏去處，不過大多直驅日本最輝煌的場景便利商店。買了一些水與麵包與優格或熟食點心。次日早晨能很快吃了出門。

習慣住的飯店常給面對金澤城與兼六園方向的房間，我打開電視，拎出購物袋裡的冰淇淋，金澤城石牆披蓋冷光。夜晚靜得人雙耳發脹。

旅遊書或二手宣傳詞常稱金澤為「小京都」，於此，我想冒昧表示異議。估計也不算太僭越。因為當地人同樣不以為然。我在當地買一本很有趣的口袋書《金澤的法則》，其中一條即為：「金澤就是金澤，才不是小京都！」與其說這是基於鄉人自豪之情，不如說是對「被（對方自以為恭維地）與人攀附」充滿了厭惡感。我喜歡這樣的厭惡感。

「小京都」之喻顯然基於一種素描式的輪廓。例如兩地都富盛世風習。都得河景之勝。都在二戰時倖免於空襲。都有保存良好的町家與古建築聚落。諸如此類。金澤儘管不比京都千年的貴重規模，亦以百萬石養，受暱稱「男川」的犀川與「女川」的淺野川環抱，沿岸有十八世紀保存至今的東西茶屋街，要說是自在千金，清貴公子，大約不過分。

只是，若在金澤走動一陣，很快能感到兩地內在紋理是如何南轅北轍。金澤人有比較簡單的說法：「京都為公家（貴族）文化，金澤為武家（武士）文化。」這話十分委婉，感覺也帶點「說來話長，解釋起來太麻煩，就勉強這樣分別吧」的意思。

話頭需繞回前田一族。

加賀藩開基祖前田利家薨後，繼承「養命保身」原則的利長、利常兩代，為免天下未穩的德川幕府猜忌（據稱，鄰接的福井藩即為就近監視的德川家眼線），透過輸誠、通婚、派遣人質，終於穩定江戶對加賀原本劍拔弩張的關係。加賀藩代代恪遵利家祖訓，從關原之戰到明治維新，次次歷史轉角擦邊過彎，技能樹上「運氣」「手腕」「政治判斷」統統點滿。

後世不妨對這謹小慎微的身段嗤之以鼻（譬如司馬遼太郎寫起來，就有一點這樣的意味吧），只是我想，我們在白紙黑字上追求無痛的玉碎，去期待別人拋灑大悲歡的頭顱與熱血，當然很容易。前田家兼巧妙於柔婉，大義名分上未必漂亮，但將它翻過另一面目，是不妄動刀兵，免於橫徵暴斂，愛文重藝，儘管沉緬風花雪月同樣是一種政治技術。

這數百年若即若離，垂眉斂目的隱約之心，與京都天子腳下的顧盼，顯然是走不上同一路的。「求全」這兩個字是針，拈在指尖輕巧無聲，嚥下喉嚨才知道太厲害。難怪金澤人對「小京都」的說法不太消受了。

如果有一天你去金澤，不妨也先別惦記這三個字。

當然有時候，不願意與人爭，人卻頗願意來爭你；也有時候你願行東風，對方倒是春天後母面。加賀若不是一代雄藩，若不是讓人想吞卻骨鯁，想惹又怕一手刺，或許怎樣地安靜收藏都沒有用；若它雖恭順卻弱小，或許難免終被取為一著棋的可割可棄的命運。

如果有一天你去金澤，講起來，好像也沒有什麼一定得看，也沒有什麼一定得買。

比方說，金澤富雅，以茶道與和菓子聞名，現在還是全日本甜點消費量第一的城市。那些點心的漢字命名與造型刻鏤得逼人太甚：和三盆糖與乾米粉製的小糕，稱「長生殿」；做出四季花樣的落雁糖，稱「今昔」。春天的櫻花最中，借景金澤文豪，名「泉鏡花」。陸續買過一輪後，我總是勸朋友遇見它們不妨立地成佛。不過加賀棒茶是必須喝。

又比方說，金澤四時玲瓏，雪裡的兼六園與金澤城不錯。晴天午後的長町武家屋敷也不錯。春天去東茶屋街與西茶屋街，如果非得選，去東邊，建議安排在下午到傍晚，以便一次走齊淺野川卯辰山日與夜的兩種風景（你總不想還得分兩趟來吧）。海之圖書館有點兒遠，時間不夠也去不成。秋天吃蟹，尾山神社與近江町市場是步行五分鐘的一直線，可以安排在同一個早上。而鈴木大拙館如僧人在萬古中忽然明睜雙目擊出的一磬。

但金澤之美盡不在此。金澤之美偏偏在穠豔其外散淡其實，在正大仙容下的無心無意，它恰好與一份釘對釘楯對楯的行程正相反，於是旅行計畫做到「幾點幾分」的我就常常成了自己的矛與盾：在形而下愈是準確的，在形而上愈不準確。這邏輯很適合謀殺案。松本清張名作《零的焦點》就寫在金澤，硬底子演員津川雅彥與草刈正雄，也曾合演過一部電視電影，就叫《旅情懸疑：金澤能登殺人周遊》——不僅殺人，還要周遊半島地殺人……

我曾感到金澤像台南，後來發現，從另一頭看，它跟台北也很相似：景點都去，當然很好，但或許一個也沒去，更好。滿地亂走，或者在河邊的草地上躺著。或者搭公車在市區繞圈圈。或者在一個非常想吃垃圾食物的早餐時間去吃麥當勞。

一回搭公車參拜供奉珠姬的天德院（珠姬為德川秀忠與崇源院阿江之女，幼齡遺嫁前田利常，夫婦和好，迴護兩家苦心孤詣），一下車馬上發現 wi-fi 機掉公車上，當機立斷攔計程車，請司機跟著某某號公車的屁股一路往上追……追了兩千多日元後，到了山腰上的終站，原來是一所地方大學，我千恩萬謝將機器從公車司機手上接過（校警在一旁莫名高興的不得了），回過頭時，眼前一開，遠山的眉間雪落如星，白色大地一片清拙。雲層銀藍冷媚。

後來就坐在那耽擱了半個早上。在金澤，沒有任何時間是可惜的。

●

對我而言，談一個城市，無論親疏愛恨，都非常難。我們活在一個街角未必比海角體己、海角未必比街角艱難的液態時空，哪個城市都顯得滿懷奔赴，都具備各式公共性質。然而你與它之間，到了最後，仍是極為私人的關係，所以不管如何地講與人聽，都有人心隔肚皮之感。都有些百口莫辯。何況從google街景車到我的手機中秒秒增生，裹滿地球身體的影像，反而永久解開了各種神祕性的衣扣，一旦撤除了奇觀與陌生感曾經為我們製造的同船之渡，從此，人與空間的事，就變得非常普遍，也非常個人，那最為個人的尖端又正指向於其普遍：所有人在各有長短利鈍的身體裡，以為看見了同樣的事，可是所有人心中的同樣，根本又不一樣。

愈是光亮平坦，愈無法互相辨認，真是比全部的黑暗更加伸手不見五指了。

常常有人問我為什麼喜歡金澤，我總是像這幾千字的樣子：說了很多，但自己又感覺什麼也沒有說完。又感覺什麼都說不到。有時我坐在那裡，心中一下子栩栩如生，一個關於金澤的瞬間如車禍橫衝直撞而來。它們從來沒有意義或前後文。或者是從深巷穿出時，光線彷彿推動著街道的樣子。或者是站在十字街口等著過馬路時空氣的流動方式。但這些該怎麼說呢。

也或許，談日常喜歡的事，就像談一個日常喜歡的公眾人物，可以非常輕鬆，流利俏皮。然而談有了情感的事，就非常拮据，像是談一個，你覺得，以所有文字圍繞都不足夠的人。

像是你為什麼愛了那人呢。嘗試給理由都是假的業障深。它最終的真相只是無話可說。

像是金澤極為多雨，年間雨雪降水日數，各種統計動輒一百七八十天（一年才幾天呀），但我去時總日日好日，拍照給朋友看，朋友說那藍真是藍到天空要壞掉。揮霍一點福氣，盤桓一週十天，等到回台北，它馬上又下了雨。這也說不出什麼原因。

離開是晚班機。下午搭上往機場的巴士，公路的右手邊，日本海上積雲總是臨行密密縫。有一次車抵小松機場正門，一抬頭，柔糯金質的雨雲像煎年糕，被咬一口，夕陽光線油晶晶流射而出。四下無人，我拉著行李站在路中央默默看了半晌。當時我覺得，人類古老時候，無論各種信仰，都以為那後面有天使，一點都不是愚蠢。

如果有一天你去金澤，願你也看見那陽光。有時候，說了許多煞有介事，又這樣那樣地去奔走，也不過是為了能在最後，站在一個四下無人的地方，與自己談一談天使的事。

——**原載《印刻文學生活誌》，二〇一七年三月號**

●————○ **筆記／徐孟芳**

跟著黃麗群去旅行，是場情深的實踐，在被迫總是團進團出的浮淺人生中，安靜冷眼走一趟自己，才能讀取到，人云亦云之外的意義。雖然，她認為人對最喜歡的事物：「嘗試給理由都是假的業障深。它最終的真相只是無話可說。」

在《感覺有點奢侈的事》序言中，作家坦承自己是個「不順（從）的人」，人生最大的奢侈是：「從不去討誰的歡心」。於是她帶領我們所遊賞的金澤，不是色光閃爍、燙金玉琢的名物，她要我們注意的是：「古來一年裡長達四分之一的孤懸與隔離，以及由此而生的一色雪白安忍之心」、「寥寥的灰涼的溼霧」；大為肯定金澤人對攀附京都的厭惡，指出其「若即若離，垂眉斂目」的歷史細節；發掘穠艷其外散淡其實的本格金澤之美，種種必到景點是好，但一趟追公車漫無目的到達的地方大學景色：「遠山眉間雪落如星，白色大地一片清拙。雲層銀藍冷媚」，更佳。作者獨特的切入視角與審美，對當地歷史脈絡、文學掌故的認識，信手拈來，風雅又犀利。

「談有了情感的事，就非常拮据，像是談一個，你覺得，以所有文字圍繞都不足夠的人。」旅行或人生，越是深深的那種，越只想淡淡地說，看似冷面，掩藏的往往是顆燙得即將燒穿自己的心。讀黃麗群，就是這樣一件傲嬌奢侈的事情。

黃麗群，一九七九年生，政治大學哲學系畢業。兼擅散文與小說，現任職媒體。曾獲時報文學獎、聯合報文學獎、林榮三文學獎；作品曾入選《九十四年小說選》（九歌）、《九十九年小說選》（九歌）、《一〇一年散文選》（九歌）、《二〇一三飲食文學》（二魚）等文集。著有小說集《海邊的房間》；散文集《背後歌》、《感覺有點奢侈的事》；採訪寫作《寂境—看見郭英聲》。

奈良有鹿

王盛弘

京都車站出發的火車，一刻鐘不到便擺脫了纏綿多日而毫無停歇態勢的微雨，駕駛座旁一大片玻璃窗前擁著幾個人，擎著相機喀嚓喀嚓不斷按下快門。車窗外，遠山為近山阻斷，淺綠重疊著深綠，更迢遙的所在，藍天和更藍的天。

旅店check in後，我將行李拋在房間，向櫃台借一輛單車，踩著腳踏慢緩緩沿佐保川騎去。車輪壓過鏽色櫻葉，傳來脆響低低如私語；川水潺湲，滑過石塊滑過水草，有淅淅的輕唱；鳥雀在酡紅枝葉間跳上躍下，此呼彼應啁啾不息。拂面微風有泥壤剛剛翻過，新土的氣息、草菁的芳香，深呼吸——這土味與香味哄得我輕飄飄，輕飄飄地我就要浮上半空中。

啊，這樣好的星期六。

經過了轉害門就是正倉院，這裡號稱絲綢之路的終點呢，理該進去瞧瞧，看不進門道也湊湊旅人的熱鬧。但是，赭色長牆側旁一群人搶走了注意力：畫畫的三三兩兩在樹蔭底張起了畫架，攝影的一字排開三腳架，那行頭那派頭，彷彿某個新聞事件的現場，我靠近前去，卻哪裡有什麼事件正在進行，只見一座池塘——大仏池。

池畔有金色芒花搖曳，綠色黃色紅色斑斕顏彩的木葉一團團一簇簇，一樹又一樹，水上有水鴨嬉耍，而池面，陽光閃著爍著水銀般光彩，倒映藍色的天綠色的山白色的雲朵，掩映間東大寺屋頂探頭探腦，一雙金色鴟尾又華貴又尊貴。這幅風景畫，印象派傑作，隨著風隨著水鴨的划動，宛如畫筆尚未停歇，馬內、莫內、雷諾瓦或梵谷瞇著眼，仍在思慮下一筆該塗在哪一個角落。美，讓一眾人馬迷醉，我的心頭也微微有一瞬震顫，這樣具體，無法忽視。

車子斜靠樹幹，我倚著車身，突然，側背包輕輕動了一動，並不真確，好像清風路過不留痕跡；又動了一動，我下意識伸手去護它，卻觸碰了略有溼意的什麼，喔，是鹿，一隻小鹿。牠並沒有走開的意思，持續以溼鼻子努我的背包；稍遠處還有一隻鹿，遲疑不敢靠近，只張著一雙無辜大眼睛打量我。

伸手進背包我拿出一疊鹿仙貝，第一片很快讓大膽的這一隻給叼走，第二片，我向害羞的那一隻招引，發出討好的笑臉和嘖嘖，牠抬起纖瘦長腿達達往前兩步，停下，張望，一會兒後，一口氣奔來，啣走我手上的鹿仙貝，旋即走了開去，而大膽小鹿已經食畢，又來向我索討。

餵完一疊鹿仙貝，我拍拍雙手向鹿們表示：「沒有了，你看，沒有了。」兩隻小鹿遂一前一後往樹林深處走去，日光透過葉隙在牠們身上裝飾斑點。

兩隻小鹿在我眼簾底消失了蹤影，我再度啟程，牽著單車沿大仏池散策，走到正倉院前時，冷不防地我又讓美給撞了一下：兩列樹冠廣袤千年銀杏，落一地扇形葉片，地面彷彿剛剛承接了傾盆黃金雨。啊，這秋色如金，把臉膛都照亮了。

美，也可以是個陷阱，如果我肩負著什麼急要的任務，那這一幕緊接著一幕令人難以抗拒、喘不過氣來的場面，便是海妖賽倫消魂的歌聲。然而並不，我正是躲開了那些急要的、限期完成的任務而來到這裡，無事一身爽颯走過黃金地毯。

又跨上單車，慢緩緩騎去。這古都我並非第一回來，卻是第一回以這樣的方式遊歷它，我任意鑽進巷弄，放眼尋常人家的前庭後院，然而日光越來越稀薄，薄得像黏附在荔枝果肉上的薄膜，若非小心翼翼，薄膜就要被戳破，夜色隨即流淌而出。

薄暮中來到奈良町，薔薇色夕照把老房子、老房子和老房子鋪陳得浪漫多情，卻想像不到地，天空突然放亮，迴光返照，片刻後又驀地轉黯。旅人紛紛星散，遁入這個那個轉角，先是消失了影跡，很快地連聲音也淡去，除了偶爾發自喫茶店、食堂格子窗後的人間燈火，街上一片岑寂。迎面的風微微帶著涼意，祛去半日遊蕩蓄積在體內的熱；逐漸地，涼意變成寒意，肚子裡養了一頭叫作飢餓的獸。

該返回旅店了，我把車子踩向來時路，一會兒後感覺不對勁，掉過頭來往另一個方向走。

咦？好像也不對。這不還是多時以前薔薇色的老房子、老房子和老房子嗎？夜色化作一條河，我是無槳之舟。

好不容易回到鬧區，空間的轉換成了時間的轉換，我自千百年前的奈良還魂，車陣人群燈潮，這下子我連自己位在哪兒都不知曉了。佇足馬路口，掏出地圖尋索，正著看倒著看我都像在沙漠裡找一粒沙子、瀑布中尋一顆水滴。

號誌燈由紅轉綠，兩名穿夏日運動服的學生朝我的方向走來，手在空中揮舞，一躍一躍地聊得很開心。我趨前：「抱歉打擾了，請問車站怎麼走？」回到車站我就知道相對位置了。膚色黝黑、唇上初生軟毛青青的男學生毫不怕生：「哪個車站？」喔，是啊，奈良有兩個車站，近鐵奈良和JR奈良，我熟悉的是靠近奈良公園那一個，近鐵吧。「你……你……」男孩舉手比了個方向，想說明卻不知如何表達，他轉過頭去徵詢夥伴意見，兩人略商量了幾句後，接著果斷地指了指馬路一頭。

就這麼一路下去就到了嗎？我雖狐疑但仍點頭稱謝，望著他們倆準備離去的身影，卻看見——兩個男孩同時回過頭來笑得燦爛，搭配以手勢朝我喊：GO。

男孩們拔腿就跑，又瘦又長的小腿，腳踝上有一雙小翅膀，騎著單車的我一心注意安全，跟得吃力，而他們倆還不時回過頭來看看我，看看我有沒有跟丟。就這樣，超越一名又一名行人、一家又一家店面，橫穿一條又一條巷弄，晚風撲面，路樹迅疾往後退去。在一個十字路口我趕上了，男孩們都喘氣吁吁，汗水掛在額頭，沿著臉頰滑落。我心裡過意不去：「告訴我方向，我可以自己走。」但他們倆同時搖搖頭，在號誌燈轉綠的第一時間又邁開了步伐。

也許十分鐘，也許一刻鐘，或者更久，我們終於來到車站廣場那立於噴水池中央的行基菩薩雕像前。我拍拍男孩肩膀，給一個笑容，感謝中帶著歉意，心裡想著應該請他們吃頓飯或喝杯茶，卻終究沒有開口。

「莎喲娜拉。」我揮揮手。他們也朝我揮揮手：「莎喲娜拉。莎喲娜拉。」臉頰紅通通的，露出滿足的笑容。我並未馬上離去，站在原地考慮，應該先去吃頓晚飯或回旅店沖澡？而他們倆，則走向噴水池畔，踩在積水上，俯身，掬水洗手洗臉，甚至，看不真確地他們似乎也漱了漱口，喉頭咕嘟咕嘟幾個蠕動。一會兒後，兩人並肩相偕往人群走去，這時我看得十分真確無誤——奇異地，在他們倆走過的地方留下鹿蹄的溼印子，起初蹄印濃濃，隨著水分蒸發而逐漸稀薄。

我抬頭張望，最後看見的是：那個唇上軟毛青青的男孩在隱入人群前，腰間露出一截淡棕色毛茸茸小尾巴輕輕擺動，不太說話的另一個男孩急伸過手去將它藏回運動短褲裡，很俐落地。

——選自《花都開好了》，馬可孛羅

筆記／徐孟芳

一場輕捷有力的奔跑，讓生命有風，讓旅途中的迷失，反而成為導覽書裡無能記載、回憶中最鮮明的亮點：一截由男孩腰間露出的「淡棕色毛茸茸小尾巴」，彷彿正輕輕擺動於你我眼前。

王盛弘的旅行書寫在當代獨樹一幟，他能細數人文意義、歷史典故，以此深化途中所見所聞，清晰辨明景物在表象之外，其所屬的文化脈絡、重層意義。但是〈奈良有鹿〉，卻不談東大寺、行基菩薩等日本佛教思想背景，而是以「鹿」，寫一段如同青春開朗男子系日劇的「指路」經歷。

「鹿」與「鹿仙貝」，是旅人至奈良旅行儀式的關鍵字之一，在「人皆餵鹿」的重複上傳圖像中，王盛弘卻寫了一個聊齋式的魔幻故事，以「溼鼻子努我的背包」以索討仙貝的饞鹿，在旅人騎車迷途時化身「穿夏日運動服的男學生」為之親身指路：「兩個男孩同時回過頭來笑得燦爛，搭配以手勢朝我喊：ＧＯ！」，拔腿就跑的男孩們，「又瘦又長的小腿，腳踝上有一雙小翅膀」，具速度感的描寫，畫面一再飛逝，正是鹿奔的靈動飛躍。

旅行，是在如複印般一再重刷的生活中，給自己一場迷途的嘗試，在異地裡，我們沒有能完全掌握的事，卻在種種不確定中，那麼愉快、那麼新奇，彷彿第一次看、第一次跑，如同青春的重返，奔跑著有風。

廁所的故事

盛浩偉

大學三年級的時候，系上請了位宇都宮大學的教授來演講。閒話時，教授提及，到宇都宮大學讀書的台灣留學生乍見雪，便很興奮地喊道「外面下雪了」。教授回應卻只是淺淺一笑，心裡想著：你只是看到雪，但還不知道什麼是雪。雪降下來是白色的，積起來也是白色的，但沒過多久，人走過、車子駛過，就會變得又黑又髒，又溼又滑。教授說，果不其然，隔天，那位台灣留學生的表情，就彷彿從天堂掉到地獄。

隔年，我到仙台的東北大學交換留學。那是第一次的交換留學。內心不免興奮，覺得凡事難得，必須好好把握，故選了非常非常多的課，把所有額度一次用完，其時數不只比在台灣時還多，甚至分量也比當地正式留學生還重。待修課行政程序走完，確定課表之後，本以為這會是最大的關隘，但沒想到，整個交換生活中最難克服的，竟是氣候。入冬沒多久，仙台便開始下雪，積雪，宿舍外白茫茫一片。開始時很是驚喜，畢竟是生長在亞熱帶島國的人；可不到一天，完全如那位教授所言，驚喜感全失，且反倒恨不得積雪趕快融化，或者下雨還乾脆些。「看雪、玩雪」，跟「在下雪的日子裡過活」，完全無法相提並論，只要在風吹雪的早晨或夜裡騎腳踏車通勤，想必任誰都能夠理解：那非但是溼冷的問題，還是攸關性命的問題。

想起出國前和系上的日本人老師聊到即將前往東北大學，老師便提起：日本最冷的地方，不是北海道，不是東京，而是在兩者之間的東北地區。因為，北海道的冬天雖然又冷又長久，但北海道富裕，所以到處都有足夠的暖氣設備；東京的冬天雖沒那麼冷，但東京更加富裕，故到處同樣都有足夠的暖氣設備。東北地區，冷起來不輸北海道，卻遠比北海道或東京窮，加上寒冷的時期並不很長，故相較之下暖氣設備不普遍，故而感覺起來最冷——那段期間，我實在體會到了。

但後來，我知道有比東北更冷的地方，那就是中部地方的日本海側，特別是新潟縣。東北大學的交換學生交流室裡面，有位看起來帥氣、打扮時髦的日本學生負責接待，和他才聊過幾次，便知道他出身新潟。起初對這個地名毫無概念，直到冬天時，當所有人都穿上厚重的羽絨衣還嫌不夠暖，只有他，身上還是薄薄幾件衣服，卻毫不懼怕寒冷。問了以後，他一派輕鬆說道：「新潟比這裡冷多了。」從此，每次進交流室見到他，我們的話題就全圍繞著他家鄉的雪——完全無關雪景的美好，而是雪的恐怖。

據他所言，新潟因靠近日本海，雪量極大，積雪最多可高達兩三公尺，時間則可持續數週或數月，且完全無法出門，學校公司也時常因而停班停課；他還說，雪融會釀成洪災，可雪不融，人悶在家裡無處可去，再加上若是自己一人獨居，就容易得憂鬱症，「所以新潟縣的自殺率是全國數一數二高的。」附帶一提，在他「親切」的解釋之下，此後每每思及川端康成《雪國》，遂自動忽略那些潔淨絕美的描寫，只想著：那穿越縣境長長隧道之後抵達的湯澤溫泉，就位於酷寒地獄般的新潟縣。

那個時候，我意識到雪與寒冷的可怖；但更可怖的是，你身在其中，但並不自知已受到多少侵襲；得等到事後回想，才恍然大悟，原來自己早被折磨許久。例如，從宿舍到學校，騎腳踏車，要騎大概四十分鐘，且路程是從一座山的山頂，到另一座山的山頂，路程既是蜿蜒下坡，又是曲折上坡，而我那個時候，究竟怎麼能夠每天在冰天雪地裡騎上四十分鐘呢？又例如，宿舍暖氣昂貴，我又不想為了這短暫的寄居另外添購暖爐之類，故每天晚上，遂只好穿上兩件外套再加兩件羽絨衣，以及厚襪與手套，把自己包得跟球——並不誇飾，真的就是字面上的「球」——一樣，才足夠保暖，能夠入睡。

不過我印象最深刻的，莫過於「廁所」。

我住的是學校的便宜宿舍，單人隔間雅房，廁所則整層共用。其雖年久老舊，但還算乾淨，磁磚看得出歷經歲月卻仍保持亮潔，且通風良好並無異味。不過如前所述：東北地方窮酸，故馬桶並不像東京或北海道或其他大城市，多附有自動溫暖坐墊之類的免治設備——但這在台灣本就罕見，故我原也並不奢求。

如此相安無事度過一個月，天氣開始轉寒。

這時我才發現大事不妙。

每天一大早，光是想到為解決生理需求，不得不走進那個通風良好（秋冬的寒風）、磁磚亮潔（整面透著寒氣）的廁所，用肌膚接觸那個飽經一夜霜冷的馬桶的坐墊——

光是用想的，怎樣急迫的生理需求都可以一忍再忍。

但這樣忍下去也不是辦法。好在後來，找到了解決之道——那就是圖書館的廁所。學校雖不算富有，但對圖書館的投資卻並不吝嗇，就連廁所也建設得無微不至；更好的是，沒什麼人在用。

此後每天，我遂提早大約一個半小時起床，然後冒著三四十分鐘的風雪騎到圖書館，並待在廁所間裡將近一個小時，直到上課。

並不是因為先前的忍耐而忍出了什麼毛病，才待在廁所裡那麼久的。當然一開始確實是為了解決生理需求特地迢迢遠路，可是後來，待廁所竟成了一種習慣；不，更精準地說，是「躲」廁所。躲在廁所裡，卻並不真的在上廁所，而是在那麼樣寒冷的天氣裡終於找到了溫暖；溫暖，不是抽象的，而是再實際不過的、免治馬桶的恆溫坐墊的溫暖。

我會坐在坐墊上——還穿著褲子——腦中想著等下進教室準備上課的時候，遇見同學打招呼時該說些什麼，然後時間一到，老師進了教室，會問什麼，或是同學會說什麼，以及我該答什麼。我坐在溫暖的坐墊上想像並且以氣音自言自語，重複搬弄著那套還未熟悉的語言，組織著糨糊般的想法，自尊在心底呼喊：不能丟臉，不能丟臉。一整天總是這樣戰戰兢兢，面對他人時彷彿如履薄冰，只有坐在那溫暖的馬桶坐墊上時，我才能夠專心地想著這些事情，想著該如何舉手投足、如何表現，才符合規矩、才真正合群、才不會給他人添麻煩徒增困擾。馬桶坐墊的溫暖，就在那樣感官和精神的嚴寒當中對我伸出援手，恍如荒漠之泉，暗夜之光，解救了我，保護了我。

每天晚上睡覺，對隔天最期待的就是早上去圖書館廁所的時光，最好的時光。

一學期很快地過去。

寒假，大多數留學生把握機會在當地旅遊，我則因為終於耐不住酷寒而返回台灣。下飛機，接觸到台灣夕陽餘暉和溼度稍高的空氣，不知怎麼地，我才忽然回想並發覺，那股想要躲在廁所的欲望，著實稱得上是一種心理變態。若那樣的時光再長一點，我可能就會像新潟縣的獨居居民一樣患上嚴重的憂鬱症吧；也或許那時我早就患上類似精神疾病而不自知。因為冷，因為與人隔離，因為不得不與人隔離。

可畢竟還是撐過來了。

日後，在一些獨處的時光，我竟時常不自覺地想起那個學期接近期末的那一個月。那時課程皆已結束，為了寫報告，我同樣每天早上七點起床，八點到圖書館，一待便是整天，連午餐都吃圖書館休息區裡自動販賣機的三明治麵包，直到晚上十點整閉館時才離開。一個月內，總共逼迫自己寫下九份報告，六萬多字的日文；內容當然稚嫩，完全不值一提，但光是那暴量的字數，就把我擰成一條乾癟的抹布，不留一點水份。而當枯坐位置上，不知該怎樣下筆的時候，我會跑到廁所裡，在溫暖的坐墊上發呆，很神奇地，不一會，靈感便奇蹟似地降臨。

那彷彿是受神明眷顧的廁所，卻也像是梅菲斯特棲居的廁所，在裡面，我不知交易了多少深藏內裡的心靈，才換取到所有課程皆安然通過的順遂。只是，如果那段時間能夠重來，我肯定還是會在那樣的冷酷嚴寒裡，毅然決然投入廁所的懷抱，只因那確切的溫暖。

確切而唯一的溫暖。

——選自《名為我之物》，麥田出版

●————○ 筆記／徐孟芳

「廁所」，排泄之處、易沾染腥臊汙穢、似乎離「美感」甚遠。但「廁所的故事」這個題目，阿盛寫過、王盛弘也寫、盛浩偉寫出第三個版本。阿盛由隨處便溺到抽水馬桶的興起，以小窺大，由「廁所」談現代化落實於生活，人在其中接受過程，精神變貌；王盛弘寫在日本遊歷谷崎潤一郎舊居倚松庵，該地廁所「將汙穢之事收攏於美的範疇」甚至是「最可歌賦風流」的建築場所；而盛浩偉寫一段在日本交換學生的經歷，廁所甚至成為心靈的庇護處：「馬桶坐墊的溫暖，就在那樣感官與精神的嚴寒當中對我伸出援手，如荒漠之泉，暗夜之光，解救了我，保護了我。」

日常生活中最平凡無奇的場景，在有心人眼裡卻各具個性姿態，涵納種種辯證的可能。

盛浩偉在此篇顛覆了對美／醜、善／惡二元判別的既有印象。「雪」在川端康成的筆下是潔淨、絕美，但在真實生活中，是泥濘而致命的；在寒冷的雪季中，面對氣候與人際環境的考驗，「廁所」對盛浩偉提供了唯一的溫暖庇護，「穿著褲子坐在免治馬桶恆溫坐墊上沉思與演練」遂成了他日日的心靈圖景，「因為冷，因為與人隔離，因為不得不與人隔離」，理應興奮獨特的異地交換讀書經驗，卻成為個人史裡一段破碎冰冷的記憶，即使表面上「所有課程皆安然通過」。

溫暖與冷，得到與失落，美與惡，在廁所裡，在人生中，都一樣艱難，一樣得撐過。

盛浩偉，一九八八年生，台大日文系、台灣文學研究所畢業。曾赴日本東北大學、東京大學交換。參與編輯電子書評雜誌《秘密讀者》。創作文類兼擅小說與散文，曾獲時報文學獎、台積電青年學生文學獎等。出版散文集《名為我之物》，並與他人合著《華麗島軼聞：鍵》、《暴民畫報》、《終戰那一天：臺灣戰爭世代的故事》等。

老照片的背面

李長聲

時常看見一張老照片，是盟軍總司令麥克亞瑟將軍與日本昭和天皇的合影：高大的麥克亞瑟一身便服，沒有繫領帶，雙手掐腰，身穿大禮服的天皇站在他一邊，揚著小鬍子，又瘦又小。這是日本投降後的九月二十七日。天皇陛下為命運惶惶不可終日，他的忠實臣民已開始搶購《日美會話手冊》，這本只有三十二頁的小冊子暢銷三百六十萬冊，創造了戰後出版史第一奇蹟。天皇到美國大使館拜會麥克亞瑟，交談三十五分鐘、合影留念。他們談了些什麼，昭和天皇至死不說，麥克亞瑟回憶：給天皇點菸時我發覺他的手在顫抖。天皇說：我對國民進行戰爭時在政治、軍事兩方面採取的所有決定及行動負全部責任，為此來拜訪，把自己交給你所代表的諸國裁決。這一瞬間，我覺得面前的天皇是日本最好的紳士。手握鐵錘似的菸斗，麥克亞瑟從此對天皇改變態度，不同意追究其戰爭責任。據獨領戰後思想界風騷的丸山真男說，日本人在報紙上看見這張照片的一瞬間，徹底失去了自信。

三個多月後的一九四六年一月，天皇下詔，宣布自己不是神。同年，露絲．本尼迪克特在美國出版《菊與刀》，一九四八年日本翻譯出版（本文的引文據日譯本轉譯）。當時，日本不了解美國，不了解美國人，滿懷疑懼，也許要扼腕：奇襲珍珠港之前怎麼沒想到寫一本《鷹與原子彈》什麼的。政府指令各地開妓院，迎接美國大兵，並曉諭女人們，穿著檢點，萬勿在人前袒胸露乳，但美軍進駐就下令廢除公娼，真教日本人搞不清他們到底是怎麼回事。對於日本人來說，切身之所急，急急如律令，不會是從鏡子裡觀看自己的嘴臉，而是千方百計認識他們曾罵作鬼畜的美國人，所以《菊與刀》有如及時雨，寫的是日本人，但處處比照美國人，正好拿來當教科書。況且還史無前例地給日本文化抽象出一個模式，與美國文化乃至西方文化相提並論，更叫日本人驚喜，甚而鼓起了被那張照片打垮了的自信。

本尼迪克特是文化人類學家，寫作《菊與刀》的基本手法是現場調查與比較研究。他不曾踏上日本，所謂現場是從僑民、戰俘聽來的，從書本、電影看來的。寫日本無需身臨其境似乎是美國人的絕活兒，「蝴蝶夫人」把藝妓張揚全世界，原作者也從未見過日本。本尼迪克特居然採集了這麼繁多、瑣碎而真切的生活細節，讀來幾乎有應接不暇之感，怕是日本人也未必寫得出，嘆為觀止。不過，正如我們中國人常說的，到了國外更愛國，人們往往在記憶中不由自主地強化遠去的事物，美化以往的一切。《菊與刀》是探究日本其國其人的經典之作，我們遲了五十年才移譯，也不可急急於趕時或汲汲於應景，經典要當它是經典，最好由研究者操刀；

用注解指出問題所在，如日本軍隊不使用敬語之類，以免誤咱國人。當年日譯本問世，一些日本學者起而攻之，其中固不乏感情抵觸，但畢竟是他們家裡事，總該看得更明白。日本人說的就不愛聽，偏要站在美國人一邊，這書就讀得沒意思了。本尼迪克特進行比較時，莫怪日本人抱怨，是以美國人完美無缺為前提的。

「我們要努力理解日本人的思想習慣、感情習慣以及這些習慣被注入其中的鑄型（模式）。」於是，我們的本尼迪克特通過恩情義理等解析日本人的思想與行為（驀地想起：什麼什麼思想與行為，這個說法出自丸山真男筆下，一度成為流行語。有趣），論斷日本文化是恥文化類型。日本人津津樂道這個恥文化，至今不失新鮮感。本尼迪克特說，「運用人類學研究各種文化時，重要的是區別以恥為基調的文化和以罪為基調的文化」，可見，這是把日本文化歸屬於以恥為基調的文化，並非特別由日本文化歸納出一個獨特的人類文化類型。就恥感或知恥來說，作者從日本文化中發現的基本是中國的儒教觀念，只是日本人沒有把「慎獨」學到家罷了。我就想，倘若把這部書輸入電腦，再把日本人變換為中國人，說不定我們也可以一讀到底，當然也會像好多日本人一樣提出異議。「恥」文化模式後來竟成了「模式」，論客競起，都試圖用一個字論定日本，如「甘」，如「縮」，如「侍」，見仁見智。

如書名所示，貫穿全書的，也就是貫穿日本人思想與行為的，是菊與刀的矛盾，即二重性。作者說：「菊與刀都是一幅畫的部分，日本人極具攻擊性，同時又老實；尚武又唯美；踞傲不遜又彬彬有禮；頑固又富於適應性；溫順又厭煩被人驅使；忠實又不可依賴；勇敢又怯懦；保守又歡迎新事物；他們非常介意別人怎麼看自己的行動，同時，自己的劣跡不為人知時也深受罪惡感折磨；日本兵被徹底訓練，卻還是不聽話。」（日譯似有誤，此處參考英文版翻譯）說來我們古人早就看出日本人具有二重性，例如唐人包佶寫詩送日本國聘賀使晁衡東歸，有云：野情偏得禮，木性本含真。一九三七年周作人管窺日本，說：「近幾年來我心中老是懷著一個大的疑情，即是關於日本民族的矛盾現象的，至今還不能得到解答。日本人最愛美，這在文學藝術以及衣食住行的形式上都可看出，不知道為什麼對中國的行動顯得那麼不怕醜。日本人又是很巧的，工藝美術都可作證，行動上卻又那麼拙。日本人喜潔淨，到處澡堂為別國所無，但行動上又那麼髒，有時候卑劣得叫人噁心。」

為什麼日本人做事是二重的，兩面的？本尼迪克特認為這種矛盾產生於他們小時候所受教導的不連貫性。像漆器一樣，歲月給日本人塗上一層層漆，但是，「他們是自己的小世界裡的小神的時代，甚至能盡情撒嬌的時代，似乎任何願望都能夠實現的時代，在他們的意識中還留有深深的痕跡。由於二重性如此之深地扎根在心裡，他們長大成人以後」，便表現出「既沉迷於浪漫的戀愛，又易如反掌地無條件服從家裡的意見。既沉湎快樂，貪圖安逸，又為了完成極端的義務而無所不為」之類的現象，令西方人瞠目。其實，我們中國人對此也瞠目。究其原因，我以為是歷史進程造成的——日本剛剛走出原始社會，旁邊已備下一個過於發達的中國文化，兼收並蓄，結果就弄成了這個樣子。漢字與假名並存，語言的二重構造對二重性格的形成尤具有莫大影響。兔子急了也咬人，個人乃至民族都具有二重性。豐子愷說：「我自己明明覺得，我是一個二重性格的人。一方面是一個已近知命之年的、三男四女俱已長大的、虛偽的、冷酷的、實利的老人（我敢說，凡成人，沒有一個不虛偽、冷酷、實利）；另一方面又是一個天真的、熱情的、好奇的、不通世故的孩子。這兩種人格，常常在我心中交戰。」不過，日本二重性自有其特色，那就像他們的書刊既有橫排又有豎排一樣，是擺在明面的。誠如《菊與刀》所言，「日本人能毫無精神痛苦地從一個行為轉變到另一個行為」。上班西裝革履，下班又坐臥在榻榻米上，既拚命工作，加班以至過勞死，又盡情喝酒唱卡拉ＯＫ，不遮不掩，絲毫沒有遠庖廚的念頭。倘若在中國，過去豎排是過去，要改為橫排就一律橫排。我們的二重性是陽一套，陰一套，當面是人，背後是鬼，滿嘴仁義道德，滿肚子男盜女娼，領導在和領導不在不一樣，另一面隱藏著，看上去只是一面，道貌岸然。中國人在二重之間有追求，追求中庸，統一，雖然終歸是心嚮往之罷了。日本的二重性行為是並列的，不會在心中交戰，不會像周作人那樣「像一個鐘擺在這中間搖著」。周作人終於沒看出日本人把二重性並列於外，說：「我們要觀日本，不要去端相他那兩當雙刀的尊容，須得去看他在那裡吃茶弄草花時的樣子才能知道他的真面目，雖然軍裝時是一副野相。」把野相看作表面現象，把吃茶弄花草看作本質的真面目，結果周作人就跟著一副野相的人吃茶去了。

每當看見麥克亞瑟與天皇的合影，就油然記起這位老兵的話，他說：「要是用現代文明來測定，我們四十五歲，日本人就像是十二歲的少年。日本人能接受新模式、新思考，給日本灌輸基本概念是可能的，他們天生具有靈活接受新概念的素質。」當年在處理戰敗的日本上美國很有點大人樣，日本也真像是孩子一樣聽話，順從大人的霸道，但孩子會長大，而且暴富，對美國大人就開始說NO了，似乎尤其有殺父情結。從二重性來說，這是日本人本來具備的，小荷才露尖尖角。

——選自《東京灣閒話》，遠流

●————○ **筆記／凌性傑**

李長聲被譽為「文化知日第一人」，他的著作常以「閒話」來命名。他如此自道：「把淺薄的認知寫出來，也就是說說閒話罷了。」「閒話，無濟於『世』，於事無補。即便自己很當回事的話，別人聽來也像是扯淡，用日本話來說，那是『晝行燈』。」這樣的閒話體散文，可以近取諸身漫談家常瑣事，亦可以旁徵博引暢論古今異變。看似無須講求章法，其實文章自成理路。

〈老照片的背面〉的這幀照片來頭不小，是日本投降之後麥克亞瑟（按：台譯為麥克阿瑟）與昭和天皇的合影。相片裡的人物，分別暗示了美、日兩國的文化特色與權位象徵。李長聲從一張相片展開閒談，接著談《菊與刀》（又譯為《菊花與劍》），再從這本書延伸到日本人思想與行為的二重性，敘述的層次極為分明。結尾再次提到老照片，除了有反覆扣題之效，也讓文章能夠首尾呼應。其中最可探究的，還是李長聲「知日」的深度。為什麼日本人的國民性是二重的、兩面的？二戰結束迄今，日人如何看待美、日兩國的關係？這些問題可能沒有標準答案，但這張老照片的正面以及背面，卻提供了我們思考問題的線索。

李長聲，一九四九年生。曾任日本文學雜誌編輯、副主編。一九八八年起僑居日本，任職出版教育研究所，專攻日本出版文化史。創作文類以散文、隨筆為主，深入鑽探日本文化，專欄文章遍布北京、台北、上海、廣州等地。著有《居酒屋閒話》、《風來坊閒話》、《吉川英治與吉本芭娜娜之間》等書，並譯有《隱劍孤影抄》《黃昏清兵衛》等多種。

拜訪巴黎墓園

楊子葆

城市墓園也許是西方與東方城市諸多差異中，最截然不同的特色之一，恐怕也是一般東方觀光客拜訪西方城市行程中，堅決不會列入的地點。也許受到民俗文化以及「子不語怪力亂神」敬而遠之心態的影響，東方墓園總是遠離人煙密集的聚落，「陽宅」與「陰宅」之間有著明確的相隔界線；同時墳墓始終給東方人陰森恐怖的刻板印象，大部分人避之唯恐不及，更遑論去親近欣賞了。許多西方城市則恰好相反，「墓園公園化」的情形非常普遍，墓園不但提供珍貴的城市綠地，更因為是歷史名人、英雄偉人、文豪、藝術家、思想家安息之所，常常成為市民與外來訪客悠遊於歷史長流、緬懷先輩的最佳去處。

舉例而言，在人文薈萃的巴黎，就有赫赫有名的三大墓園：音樂家蕭邦、電影明星尤蒙頓、浪漫主義畫家傑利訶等人長眠、巴黎市區規模最大的拉雪茲神父公墓（Cimetière du Père-Lachaise）；安葬小說家莫泊桑、哲學情侶沙特與西蒙德波娃、歌手甘斯布等人的蒙帕納斯公墓（Cimetière du Montparnasse）；安葬作家小仲馬、作曲家巴哈、電影導演楚浮等人的蒙馬特公墓（Cimetière de Montmartre）；都是希望重溫歷史的全世界各地文化愛好者必來朝拜的聖地。

其實，原本巴黎的墓園並不像現在一樣受人歡迎，它們之所以變成「歷史名園」，曾經過一番波折。

以最著名的拉雪茲神父公墓為例，它是在血腥的法國大革命之後，為埋葬革命動亂期間喪命的貴族與平民而設立的。這座占地四十四公頃的墓園剛開闢時，因為位居巴黎郊區，以十八世紀巴黎市的幅員而言，稍嫌偏僻，家屬奠祭不便，未能被普遍接受，使用率很低。拿破崙執政期間，為鼓勵巴黎市民使用這片墓地，不但欽命指定其為自己及重要政府官員的身後之地，於一八〇四年將法國歷史名人如拉封丹、莫里哀的墳墓從外省遷到這裡；一八一七年，著名悲劇戀人亞伯拉爾和哀綠綺思之合葬棺木更在盛大儀式中，從法國東部聖馬塞爾修道院（Abbaye Saint-Marcel-lès-Chalon）遷葬於此，以作宣傳，但在當時收效不大。

因巴爾扎克聞名的拉雪茲神父公墓

拉雪茲神父公墓受到矚目的真正原因，是法國偉大寫實主義小說家巴爾扎克的無心插柳。

這位十九世紀的文學天才在他的小說裡，將去世的主要角色都安排葬在拉雪茲神父公墓。由於當時巴爾扎克的幾部小說同時在數家報紙連載，並且廣受歡迎，於是，每當他小說中出現葬禮場景，以及對於美麗墓園的細緻描述時，一到週末，就有大批巴黎與外省的粉絲紛紛湧進這座公墓，拿著報紙與實景仔細對照，查看「寫實主義」小說家有沒有唬弄人！漸漸地，拉雪茲神父公墓的名氣愈來愈大，許多法國名人也以死後能葬在這裡為榮。一八五〇年巴爾扎克去世後，同樣也葬在拉雪茲神父公墓。

就這樣，隨著近代史的發展，拉雪茲神父公墓以及歷史更早、建立於十四世紀初的蒙帕納斯公墓，和一八二五年啟用的蒙馬特公墓，成為巴黎文化史的最佳紀錄。而十九世紀一直到二十世紀中葉，巴黎曾是歐洲文化首都，蔣夢麟更稱其為「世界都市之都」，因此這三座墓園「以死者為貴」，竟成為花都重要的文化勝地。

巴黎都市墓園不僅樹木參天，景色優美，環境靜謐，也因為許多在歷史上「留下故事」的人，選擇在此安息，讓後人能夠到這兒「找尋故事」，故而成為城市旅遊景點。

當然，這個世界其他城市裡還有許多墓園，也還有其他故事。你可以到倫敦郊區的「高門」（Highgate）墓園與馬克斯精神對話；到羅馬「非天主教墓園」（Cimiitero Acattolico）裡英國詩人濟慈、雪萊的墓前吟詩；到維也納中央公墓園（Zentralfriedhof）緬懷貝多芬生平；到美國西雅圖墓園重溫李小龍傳奇；或者到台北市區台大校園裡的「傅園」追思民國大教育家傅斯年；到台北郊區金寶山墓園悼念一代華語歌后鄧麗君……

愛爾蘭作家、英國唯美主義運動倡導者王爾德（Oscar Wilde, 1854-1900）曾留下一句耐人尋味的名言：「好的美國人死後，都去了巴黎；而壞美國人去哪？他們留在美國。」（When good Americans die, they go to Paris. Where do bad Americans go? They stay in America.）他自己也葬在拉雪茲神父公墓，友人們按照他在詩作《斯芬克斯》（*The Sphinx, 1894*）中的意象，將墓碑雕塑成一座小小的獅身人面像。

而台灣翻譯家繆詠華在二〇〇九年所出版《長眠在巴黎：探訪八十七個偉大靈魂的亙古居所》書裡，更感嘆：「如果不是生在巴黎，至少也要死在巴黎；如果沒有死在巴黎，最好也能埋在巴黎。」看來、想真正認識這座偉大城市，絕不能錯過它的偉大墓園。

——**選自《城市的36種表情》，馬可孛羅**

●————○ **筆記／凌性傑**

語言和文化彼此相依，我們既活在語言之中，也活在那個語言所負載的文化之中。在中文語彙裡，墓園一詞每與陰暗、死亡產生連結，甚至帶有一些忌諱。西方墓園不一定充滿陰森之氣，反而有公園化的現象。繆詠華撰寫的《長眠在巴黎：探訪八十七個偉大靈魂的亙古居所》，即是拜訪墓園的精心之作。墓園空間固然與死亡有關，但何嘗不是生者與逝者靈魂交流的重要場所。

〈拜訪巴黎墓園〉先從巴黎三大墓園說起，考察巴黎墓地的歷史變遷，梳理「以死者為貴」的文化脈絡。在楊子葆眼中，巴黎墓園景色優美，是城市旅遊的景點，讓人可以來此尋找故事。許多人對巴黎的標準印象，可能是塞納河、羅浮宮、咖啡館、美術館……殊不知巴黎墓園亦有可觀之處。關於生與死、肉體與精神，雨果在遺囑裡寫道：「我將閉上肉體的眼睛，但精神的眼睛會一直睜得比任何時候都大。」在巴黎墓園裡居住著的，或許就是那些精神的眼睛吧。

楊子葆，一九六三年生，台灣花蓮人。法國國立橋樑與道路學院（ENPC）交通工程博士，曾經擔任巴黎公共運輸局（RATP）研發工程師。返台後歷任新竹市副市長、國際合作發展基金會秘書長、中華民國駐法國代表、外交部政務次長、輔仁大學客座教授等職。作品涵納建築藝術、城市美學、文化探究等主題。著有《看不見的巴黎》、《捷運公共藝術拼圖》、《世界經典捷運建築》、《街道家具與城市美學》、《葡萄酒文化密碼》、《葡萄酒文化想像》、《微醺之後，味蕾之間》等書。

和好的藝術

李清志

讓心靈昇華的建築

和平紀念碑基本上就是要人們記取教訓，珍惜和平的得來不易，以及不忘記戰爭的殘酷，但是「人類從歷史上學到的教訓就是，人類無法從歷史上學到任何教訓」。那些紀念碑、那些雕像，久而久之就成為人們熟悉的觀光景點，成為人們自拍誇耀，歡笑嬉鬧的場所。沒有人真正會去面對歷史，也沒有人願意去面對過去的傷痛，除非他們可以感同身受，除非他們真正體會到和平的可貴！

一般的和平紀念空間，大多試圖呈現戰爭的可怕與殘忍，以一種恐嚇的方式逼使人們面對歷史，希望人們因此了解和平的可貴與價值。這樣的方式有如傳教者不斷地宣傳地獄的可怕，恐嚇人們信教一般，其實並不能收到真正的果效。

和平紀念空間如果只是一味地宣傳戰爭的殘酷與恐怖，經常會激起另一股的仇恨與憤怒，而這樣的仇恨與憤怒並不會帶來未來的和平，事實上，只會埋下更多戰爭的種子。

一座完美的和平紀念空間，不只是讓參觀者面對戰爭殘酷的事實，也要將參觀者帶離仇恨的情緒，讓心靈昇華，學習以愛與饒恕面對未來。這話說得容易，但是在這個充滿仇恨的世界，卻是一件難以完成的夢想。

日本長崎的和平祈念館以及德國柏林的和解教堂，是少數具有令人心靈昇華力量的空間，建築設計者這樣的能力，已經不只是一個建築師，事實上，他們的空間敘事能力，根本就是佈道家或是傳道者。

水池下的祈念館

關於紀念性空間的設計，過去多喜歡建造高大宏偉的紀念碑，生怕別人看不到或不知道；這些巨大的紀念性建築，雖然可以吸引人們的目光，卻也經常令人望而生畏，甚至造成地區性視覺景觀的混亂。新型態的紀念性空間設計，則試圖創造一個空間，讓人進入其間安靜省思，達到改變參觀者心境的果效。

美國華盛頓特區的越戰紀念碑，並沒有立碑，反而是建造一處下傾的空間，讓人走入其間，觀看牆上刻印的死歿者姓名，在沉靜中追念逝者；倫敦海德公園內的黛安娜王妃紀念空間，也沒有高聳的紀念碑，而是以噴泉及流水環繞整個空間，形塑出一處恬淡怡人的公園角落，讓人記錄王妃的美麗與慈愛。

日本長崎市是一座遭受核爆攻擊過的城市，多少年來人們在長崎市原爆點附近，建立了好幾座紀念館或紀念碑，希望提醒世人核爆的恐怖與愚蠢，期盼這樣的悲劇永遠不要再發生。不過這些紀念碑與紀念館形式各異，使得整個原爆點附近的空間景觀，看了令人眼花撩亂，同時也影響了參觀者的心情，無法真正安靜心來追念與祈禱。

二〇〇三年，在這個混亂的原爆區內，建立了一座新的紀念空間——「長崎市原爆死難者和平紀念館」。日本建築師栗生明顛覆了過去建立宏偉紀念碑、紀念館的方式，而以一種低調、安靜的手法，塑造整個和平紀念館。他先在基地周邊種植一圈樹木，隔開外面喧鬧混亂的景觀，圓形綠籬內則是一座水池，平靜的池水中有一座通往地底下的樓梯，整座和平紀念館其實是坐落在水池底下。

參觀者必須先環繞水池一圈，然後才能找到入口階梯，在繞行水池之際，讓心境逐漸安靜下來。將紀念館安置在水池底下，類似安藤忠雄所設計的水御堂建築，不過其空間設計上，更為簡潔、也更富現代感；紀念館主要祈念空間內，並沒有古典的祭祀設施或牌位等，而是以兩排發亮的玻璃柱，行成莊嚴的地下殿堂，列柱的端景，則是一座玻璃櫃，櫃裡存放著寫著所有核爆犧牲者名字的紙張。

整個和平祈念館設計十分簡單、抽象，不過卻能碰觸到現代人的心靈，真正叫人為過去的悲劇，內心迴盪不已。

「死亡帶」上的小教堂

在東、西柏林交界處，位於昔日柏林圍牆「死亡帶」（death strip）的空地上，有一棟不起眼卻很感人的小教堂，被稱作「和解教堂」（英文是Chapel of Reconciliation）。從監視瞭望塔上看下去，可以發現整個死亡帶中間有一條明顯的白色線條，那是昔日柏林圍牆的遺跡，線條旁則是一棟素樸簡單的圓弧形建築，周遭至今仍遺留著荒廢的淒涼與一絲緊張的氣息。

昔日現場的確有一棟舊的教堂，不過當年因為東德部隊認為教堂建築阻礙了監視哨塔的視線，因此將教堂夷平。長久以來，荒煙蔓草與廢墟圍牆占據此地，成為德國人心中的痛，正如柏林圍牆是心中的創傷疤痕一般。一直到柏林圍牆被拆毀後，教會認為是重建教堂的好時機，希望藉「和解教堂」的建立，為東、西德的和解獻上感謝，也為歐洲的和解祝福。

「Reconciliation」的意思是「和解、修復」，基督教教義上講的是「人與上帝的和解」以及「人與人之間的和解」。正如史徒保羅在聖經〈以弗所書〉中所提到的：「你們從前遠離上帝的人，如今卻在耶穌基督裡，靠著祂的血，已經得親近了。因祂使我們和睦，將兩下合而為一，拆毀了中間隔斷的牆。」

柏林圍牆的拆毀，象徵著人與人之間的隔閡不再，人們可以和睦相處，不再敵對鬥爭；正如「和解教堂」前的銅像，兩個人跪著抱頭痛哭，互相認罪，互相饒恕，是真正的「和解」。

教堂其實有著兩道皮層，最外層是木柵欄構成的屏障，藉著木柵欄，光線得以穿透隔牆，在內部形成光影變幻的景象。內層則是一道厚重的夯土牆，圍塑著內部聖堂的空間，夯土牆是古老的建築構造方式，也是最簡單卻實際的營造方法。在「和解教堂」的夯土牆建築過程中，昔日的教堂廢墟碎片、石頭，都被混入夯土牆中，形成新教堂的一部分，那是一種紀念過去的記憶方式。舊的十字架與聖壇也被保留使用，讓所有人在這座教堂中都可以思想起過去柏林圍牆帶來的傷害與如今和解的盼望。

進入聖堂內部，溫柔光線從天窗流洩而下，夯土牆隔絕了外部的喧囂，顯得十分寧靜。面對著這座簡單的教堂，我的內心卻充溢著複雜的情緒；有形的柏林圍牆已經拆除了，盼望所有存在於人與人之間無形的牆，也可以被拆除。

和好是一門藝術，同時也是內心的修復與甦醒。在這樣的時空裡，人們重新省察自己內在，與自己和好、與人和好，同時也與上天和好，讓仇恨傷害的寒冬結束，疲乏的心靈重現活力，感悟的心開始能再次去愛人，為世界上許多微小的事物感恩。

——選自《靈魂的場所》，大塊文化

●————○ **筆記／凌性傑**

我常以為，最真實的正義是不帶仇恨的。但事實上，有很多時候，正義只是仇恨的另一個名字，某些人表面宣揚正義，骨子裡卻是鼓吹仇恨。歷史上有太多的戰爭與暴力事件，那些傷痛的經驗足以作為借鑑，但重蹈覆轍的事卻是一再出現。讀了〈和好的藝術〉才明白，「具有令人心靈昇華力量的空間」是最好的環境教育。建築師在設計裡寄託了哲學，他們高超的空間敘事能力可以將人們帶離醜陋，一步步走向可以相愛的地方。

廣島、長崎受到原子彈摧殘，戰爭的殘酷刻在城市的身世裡，永遠無法磨滅。柏林圍牆形成了隔閡，不同的意識型態、政治結構劃分出敵對的陣營，致使家庭破碎親人離散。這些歷史上的悲劇，需要「和好的藝術」才能稍稍撫平。李清志考察建築結構的同時，體認到和好是一門藝術。既是一門藝術，那就意味著必須具備美感。畢竟，缺乏美感的和好，實在很難叫人心安。

李清志的文字，有一種把讀者帶到現場的能力。讀的時候如在現場，也因為有「在場」的感覺，才能真確理解那些空間敘事。日本長崎和平祈念館安靜低調，座落於水池底下，讓人靜穆面對過去的悲劇。德國柏林和解教堂前的銅像提醒世人，互相認罪、互相饒恕才是真正的和解。而「內心的修復與甦醒」，正是這些建築物帶給我們的，最好的能量。

李清志，一九六三年生，建築學者、專欄作家、廣播主持人。美國密西根大學建築碩士，現任實踐大學建築設計學系專任副教授。文章聚焦於建築空間、城市美學與跨界文化探討。著有《都市偵探學》、《台北電影院》、《建築散步》、《安藤忠雄的建築迷宮》、《台灣建築不思議》、《新天堂美術館》、《靈魂的場所：一個人的獨處空間讀本》等二十餘本書。近作為《美感京都：李清志的京都美學》。

用郵輪航線繪製的世界地圖

郝譽翔

當我們搭的汽車越過上坡路，順著西雅圖港邊的一座小山丘向下滑行時，那艘停靠在海岸邊的郵輪越來越近，越來越清楚，我們忍不住發出一連串「哇！」的驚叫聲。因為這艘郵輪的尺寸看來是如此的不真實，比起陸地上絕大多數的建築都要來得長和寬，而白底彩繪的鮮豔船身，又像是一只從天上巨人國掉落下來的玩具船似的，在陽光下發出閃閃發亮的光澤來。

我下了車，站在郵輪旁，得要踮直了腳尖，倒仰起頭，才能勉強看到它的全貌。出乎意料之外的，這竟讓我全身不禁熱血沸騰，莫名地興奮了起來。

我本來就很喜歡船，但絕沒料想過是郵輪。前些年我正著迷潛水時，特別喜歡住在船上，經常一住就是七、八天，直到要下船的那一天還捨不得走下甲板。不過那都是一些只能搭乘二十人左右的小船罷了，雖然在海上搖晃得很厲害，但久了就會習以為常，甚至愛上海浪那一來一回、規律的節奏。

「搭這種小船，才能真正的親近海洋啊。」我心裡其實是這麼想。愛船到了極點的我，甚至還特地去考了重型帆船的執照，如果不是台灣海洋環境尚未成熟，對於帆船還有諸多的限制和不便，我早就買下一艘便宜的中古船，好帶小虎揚帆出海。

但我卻從來沒有想過要搭郵輪。郵輪太大，離海太遠，而且就和大多數的台灣人一樣，我以為船上不是大吃大喝，就是賭博，要不就是像曾經紅極一時的影集《愛之船》，男男女女到了船上，只為尋找一段浪漫的愛情邂逅。而這樣的旅遊方式距離我的喜好，簡直就像是從地球的北極航行到南極那麼的遙遠。

開啟郵輪之旅，天涯海角任我航行

然而一切都是出之於巧合。小虎三歲那年，我帶著她旅居在西雅圖二姊家。暑假接近尾聲，我們要打包行李回台灣了，心裡正在惋惜沒有四處走走，也未免有點可惜之時，忽然一位移民西雅圖多年的台灣媽媽和我連上了線。她的女兒年紀和小虎一般大，我們因此交換了許多育兒經，彼此又都喜歡旅行，於是她大力推薦我去搭西雅圖出發的阿拉斯加郵輪，說她已經帶女兒搭過了三次，每一次都好玩得不得了。

我半信半疑，因為「好玩」是很主觀的事，別人覺得好玩，來到自己的身上卻不見得管用，尤其我又是那般挑剔的旅人。但我也是窮極無聊了，便照她的指示上了郵輪公司的網站，一看八月出發的最後清倉價，八天七夜一人居然只要三百九十九美金，含稅也不過四百出頭。什麼？我睜大了眼睛不敢相信，這樣的價錢包含吃、住和船上的一切娛樂表演，也未免太實惠了，這又破除了我對郵輪的另一成見。

台灣的媒體總喜歡把郵輪描述成是一種頂尖消費、可望而不可及的奢華之旅。但在歐美其實不然，郵輪乃是平價的旅遊方式，比起背包客搭乘大眾運輸工具，它或許並不環保，卻很能實踐階級平等的夢想。在正常的情況之下，一個星期的郵輪價格大概是七、八百美金左右，但經常有促銷價格可揀，不但下殺到三、五百美金是家常便飯，有時還免費贈送岸上旅館住宿或是船上消費。尤其是在歐美旅行，透過郵輪往往比在陸地上來得便宜許多，而且容易控制預算。

等到上了郵輪以後，更令我感慨的是，許多乘客都已是八、九十歲的老人，垂垂老矣，行動不便，但還是夫妻倆結伴出來旅行，因為船上到處都有服務人員，而乘客和服務人員的比例幾乎高達三比一。我也常見到父母推著輪椅，帶著身有殘疾的孩子出來遊玩，這幅畫面總是讓我感動莫名，如果不是有郵輪，他們大概哪兒也去不了，而如今他們卻能搭著船，輕而易舉地就到達天涯海角。

郵輪既是出乎意料的便宜，那麼試試看又何妨呢？於是我二話不說下了訂，沒想到從此開啟了我的郵輪之旅。一直到今天，我仍有三不五時就到各家郵輪的網站上去瀏覽的習慣，甚至以研究郵輪的航線圖為樂。日積月累下來，我的腦海之中竟也逐漸形成了一幅全新的地圖：一幅根據郵輪航線，以海洋的角度去開展的全球地圖。

過去我們對於地圖的建構，大多是由大陸的板塊：亞洲、歐洲、非洲、美洲、大洋洲……拼湊而成，然而大陸是固定不動的，又被海洋分隔開來，所以由這樣的地圖看來，每塊大陸都是一個個獨立的存在，很難看出相互之間的關連。

但若是改從郵輪的航線出發，這幅世界地圖的主角卻變成了海洋，而它是流動不羈的，從一地流往另外一地，而陸地則是變成了一座座的港口，它們就像是被一條看不見的線所相互串連而成的珍珠，彼此之間聲息相通。

譬如你可以搭郵輪從西班牙的巴塞隆納出發，通過地中海來到義大利威尼斯，再經過希臘愛琴海到土耳其伊斯坦堡，然後通過蘇伊士運河、紅海到杜拜，再越過阿拉伯海、印度洋來到新加坡，往上走經由南海來到香港，最後抵達台灣。而若是有想像力一點的人甚至會發現，這些航線所串連起來的，不也正是一頁頁人類文明發展、海上絲路與西方大航海時代的歷史嗎？

如果我們可以帶著孩子，搭船沿著這些航線，親身經過這一座又一座的港口，不也就是儼然化身成為大航海時代的探險家：哥倫布、麥哲倫，甚至更早一些的馬可波羅，或是七度揚帆下西洋的鄭和，用自己的雙眼，去目睹這世界的壯麗與遼闊嗎？

原來的我只不過是喜歡大海，享受乘風破浪的快樂罷了，但卻從未想過可以經由海洋而串起了世界的地理、乃至於人類的歷史。也因此當郵輪的航線宛如精密的蜘蛛網在我的面前展開之時，我才恍然大悟，這不就是一幅全球化的歷史地圖？而其中不知暗藏了多少密碼和故事，可以向小虎訴說。

這不免又再次應驗了我先前的想法。有了孩子以後，我失去了原本習慣的生活模式，但這或許不是「失去」，反而是有了機會去打開一頁新的生活，陪伴孩子，用她的眼睛去看這世界，因為高度不同，視角不同，竟看到了一個滋味不同的全新版本。

——選自《和妳直到天涯海角》，時報出版

●——○ **筆記／徐孟芳**

郝譽翔曾在〈最壞的時光〉一文中，寫自己「灰色的青春殘酷」：「十七歲的我，笑的既忍耐又牽強，彷彿早已經預知到了，這是一段被空亡和天哭星所盤據的時光」，成長過程盡是疏離與傷痛，曾自言：「我從來沒有想過自己會生小孩」的女作家，有一日，竟也襁褓起嬰孩，牽著女兒以郵輪環遊世界，寫出：《和妳直到天涯海角：帶著女兒用旅行張望世界》，作家的生命敘事，孤獨成就飽滿，冷，然後甜美。她說：「這是我有生以來寫得最快樂的一部作品」。

於是我們從文章中，得到的不只是一段分享旅遊經驗的文字，更是一種世界觀、人生觀的刷新與實證。「搭乘郵輪」的旅遊方式是以海洋角度開展的全球地圖，經由海洋串起世界的地理、人類的歷史。「孩子」的存在之於作家：「我失去了原本習慣的生活模式，但這或許不是『失去』，反而是有機會去打開一頁新的生活，陪伴孩子，用她的眼睛去看這世界，因為高度不同，視角不同，竟看到了一個滋味不同的全新版本。」

人生就是場不斷出發的旅行，郝譽翔告訴我們，勇敢去經歷，踏出每一個嘗試的步伐，那使她感到：「自己果然還活著，還正青春，興味盎然地行走在世上的某個角落」，我們得走過去，才知道轉角後，那份未知真正的模樣。

郝譽翔，一九六九年生，台灣高雄人。台大中文研究所博士。曾任東華大學中國文學系助理教授、中正大學台灣文學研究所教授，現任台北教育大學語文與創作學系和台灣文化研究所教授。曾獲金鼎獎、中山文藝創作獎、時報開卷年度好書獎、聯合文學小說新人獎、時報文學獎、台北文學獎等獎項。著有小說《初戀安妮》、《那年夏天，最寧靜的海》等；散文集《一瞬之夢：我的中國紀行》、《溫泉洗去我們的憂傷：追憶逝水空間》、《回來以後》等；電影劇本《松鼠自殺事件》。

牯嶺街．少年．我

孫梓評

牯嶺街與我的連結來得那樣古怪——十五歲夏天，高中聯考前溫書假期，我跟同學借了一輛單車，到就讀了三年卻仍然陌生的南部小鎮四處漫遊。青春期麻煩攀滿身體，我騎過與台灣西半部所有鄉鎮面目相似的街道，去稍遠處的田壠和灌溉水渠旁久坐，讓太陽曬我，腦中卻逕自想著那部電影：《牯嶺街少年殺人事件》。想著電影裡與我成長背景完全無關、卻又緊緊扣住我的那些眷村少年們的成長苦悶、暴力解決、無聊小事、無出口的愛。

幾乎是我所能記憶的第一條台北街道名字：牯嶺街，不以現在式，卻從一九六一年快遞到一九九一年，將牛皮紙色的年代，覆上一張保鮮膜，封存在我眼底。沒想要懷疑過現實所能經歷的滄海桑田，我死心眼地相信有那樣一條街，就在台北，被留下。

於是，當我到台北讀大學，鎮日騎著機車跑逛盆地各處，腦中雖總沒有忘記牯嶺街，卻不敢輕易靠近。那條街，像在心中寫了許久、摺疊好、已箋封的信，不知該向誰正確地寄出、偶爾有機會路過鄰近區域的時候，也只敢矯情地站在路口眺一眺——我知道時代不一樣了，但難道我不能保有一條心中的街巷，不允許它在現實的改變中成為陌生？畢竟台灣是個嫻熟於遺忘的社會，總可以輕易刪除街景、更換招牌。

想起《牯嶺街少年殺人事件》片段，我總是想哭。那時不懂得一部電影已經具體而微地收納太多已逝、不復返的，也許淺碟如我，只單純因為青春暴力而震懾。高中聯考放榜那天夜裡，我蜷臥床上，一次又一次聽著王柏森唱〈Are You Lonesome Tonight〉，腦中播放著昏黃的六〇年代，隱約有一種茫然，竟致失眠。巧合的是，高中時同班的一個女孩，長相酷似電影裡的小明，我總迷濛地望著她，上課偷傳紙條，想像電影和人生可疊合的程度究竟有多少？包括我在大街上偷下來的電影海報？包括我在購買不到影像的年代，買了原著劇本、改編小說、筆記書做為解饞？

那是一種非常難以解釋的內在呼應，在網路未發達的年代，我甚至到圖書館去借當年的舊報紙，拚命想要找出情殺事件的真實版本。我想知道，那殺人的小四，是否也曾那樣傻氣說著：「你所有的事我都知道，可是我不在乎啊……」然後，小明會理直氣壯地回答：「要改變我？我就跟這個世界一樣，這個世界是不會變的……」

然後，他殺了她。

在民國五〇年六月十五日，晚上十一點。

牯嶺街上有著幾攤販書的綠篷子，一棵大樹，人們路過死亡，三兩來去。

糾纏著我的影像並未淡去。一次偶然在香港的HMV，赫然發現少年張震的臉被顏色劈為兩半，是我覓找多時的VCD！沒想過可以再遇到這部電影，我獨自在深夜複習，彷彿也在為我的九〇年代倒帶。許多美好的電影、創作、論述，在視線裡百花齊放，雖然眾人皆稱之為世紀末，迸生而出的精采作品，卻證實著人們生活的力度，我亦感覺無可能再有如此豐沛能量，讓我搭乘一個浪頭，上升，看見遠方。我獨自播放著VCD，電影裡每一個鏡頭，構圖，被說出的語句，都充滿龐大的安靜，襲向了我。

望著音量低的影像，我猜想也許我嚮往的是一個拘謹的年代？高中制服、不定時來訪的颱風、美援所附加的文化澆灌、幫派互鬥的惡戲、成長的曖昧啟蒙、父母親在島嶼上的「暫留」心情……這些都與我的成長背景相去甚多，因之成為我微妙的「投射」與「寄託」。

再一次前往牯嶺街的時候，我已嚐過軍隊管教、經歷有雜質的愛、懂得物欲、也參與了這塊島嶼邁向新世紀所變身的幾種瘋狂。朋友的劇作在「牯嶺街小劇場」演出；前身為中正二分局的百年建築物，坐落在牯嶺街五巷二號，想必那樁發生在七巷底的少年情殺案件，它也曾靜靜地目睹。更說不定，當少年被捕，便是送進這個分局裡，讓這個世界忽然知曉，國家機器的暴力，是怎樣滲透入每一個家庭，而微妙的人際鎖鏈，在暴力的侵略中，又如何逼使一個睡在衣櫥裡的少年，曾信仰的事物都片片剝落……

進劇場看戲前，我在牯嶺街附近一逛。

昔日名震一時的舊書街風華已褪，如今看來平凡無異的小街，已嗅聞不出日人殖民光景；賣書變現、或如電影裡所再製的日常溫暖燈光亦不復見，只有黝暗幽幽降臨，平等地覆蓋在那些參差的西式樓房上，三兩間店家，疲憊的樹，稀少的行人。朋友的實驗性劇作很精采，多媒體搭配著戲與詩，舞台上半裸的男孩有新的問題等待解決，不只是升學考試，不只是家庭生計，不只是異性困惑，不只是道德的維持障礙……畢竟睡在衣櫥裡的少年已經變成哈利波特，我凝視眼前的一切，思緒忽又飄遠，知道時間已前往下一個河道。

根據報載，真實世界裡的殺人少年被判有期徒刑十五年，上訴高院後減為七年，但檢察官不服上訴，由最高法院發回更審，改判為十年。時至今日，他應已出獄，與我一同目睹台灣怪現狀，做何感想？他還會重回牯嶺街嗎？

前些日子，我因事前往建中，初夏暑熱蒸著盆地，大雨來臨之前，我繞轉和平西路，由於對該區地理的陌生，眼眶裡猛地撞進「牯嶺街」三個字——我還來不及反應，車行速度快，就像駛離距今已遠的少年時代般，不消一秒鐘，我就滑過了它。

——選自《知影》，九歌出版社

●————○ 筆記／徐孟芳

似乎總是如此，那些在我們心裡，最想吶喊、肉搏、最渴望卻在現實生活中無能對應出口的沉默瘀傷，必須透過一場電影、一冊書或一首歌，才能被痛快地說。在作者心中，是牯嶺街少年殺人事件，孫梓評成長背景雖與主角小四迥異，但島嶼少年的成長苦悶、青春暴力、無出口的愛卻是如此相同，牯嶺街，成為作者心中的街巷，努力封存著不讓時光變質稀釋。

無論是電影上映時的觸動、蒐集周邊商品、甚至是對真實案件的考據、旅途中重溫VCD，孫梓評一再藉由這個敘事，要抵達的是自己的青春與哀愁。題名定為「牯嶺街．少年．我」，有著三重指向：真實案件、電影再現，與年少時代的「我」，互文交織，共寫了一場巨大的失落，有人真實的死，有人在虛構裡真實地痛。

然而，標誌青春哀感的地景，使人頻頻回首、在深夜裡低迴、較日常庸俗更真實不過，但那日親身履及，孫梓評卻是這樣的：「由於對該區地理的陌生，眼眶裡猛地撞進『牯嶺街』三個字，我還來不及反應，車行速度快，就像駛離距今已遠的少年時代般，不消一秒鐘，我就滑過了它。」

鯨向海說：「以為有什麼，更／澎湃要來／其實一切都結束了」，案件裡的少年，服刑期滿出獄，與作者一起，都長大了。牯嶺街黯淡成一條尋常的街肆，與其他並無二致。愛與痛，在少年時期如此龐大幾乎是一切的，寫了出來，也僅是寥寥數頁，就說完了。

鍾永豐：龐克樂手杜甫穿越過來了

房慧真

二〇一五年十二月三十一號，後勁鳳屏宮前，三年沒出片的林生祥及其樂隊的新專輯《圍庄》選擇在此首演。和一般的演唱會不同，六尊神明先被請上台，點燃香爐，接著才是鼓、吉他、月琴、嗩吶一一就定位。

除了神明，台上還有一位稀客，那是一向隱身於幕後的作詞人鍾永豐，上台擔任口白，他念了一段客家謠諺〈藤纏樹〉：「上山看到藤纏樹，下山看到樹纏藤，藤生樹死纏到死，樹生藤死死也纏。」

「藤纏樹纏藤，我庄石化廠。」《圍庄》專輯說的是石化業與農村千絲萬縷的糾葛，錯綜複雜的關係，台下的後勁居民當然懂得，白髮蒼蒼的阿北阿姆，從青壯到老年，和煉油廠的污染纏鬥二十八年，終於眼見這隻大怪獸倒下。被請上舞台的保生大帝、神農大帝、土地公等，正是多年抗爭中的精神依託。

石化業和農村的纏繞，鍾永豐同樣懂得，他在一九九二年參與的美濃反水庫運動，當時經濟部要興建美濃水庫，是為了濱南工業區的工業用水，一如從源頭攔下濁水溪的集集攔河堰，為的是提供水源給雲林六輕使用。在家鄉擋下水庫之後，鍾永豐在一九九七年也參與反濱南工業區運動，擋下大財團本欲在七股溼地建造七輕石化廠的計畫。

它們拜天，眾神耳聾；
它們拜地，農作反種；
它們拜人，身體叛變；
它們拜水，漁產失蹤。
——〈圍庄〉

「它們」是石化廠的一根根煙囪，像祭拜的巨型香炷，逆天倒施，帶來的不是祝福，而是災厄。生祥樂隊背後的投影，時而是高雄五輕，時而是雲林六輕，有時是爬上燃燒塔的抗爭者，又或者是捧著親人遺像的零餘者。客家歌曲在後勁這個閩南村，唱到深處，跨越語言藩籬，我回頭一望，阿北阿姆聽得入神，眼角泛著淚光。

「我一直想寫這個題材，但如果在藝術上沒有更好的方法，不見得要再次提醒深受其害的人們，以前能力不夠，累積不足，直到兩年前開始有點把握。客觀因素也有，反國光石化運動成功，又看到攝影集《南風》竟然能把酸臭的污染氣味拍出來，給我很大的鼓舞。」走下舞台的鍾永豐這麼說。

寫詞之前，鍾永豐對林園、五輕、六輕、八輕都做了一些訪調，那是他社會學出身的訓練，他看了《南風》的創作者之一，也是記者鐘聖雄在公視PNN的報導〈六輕吉普賽〉，一位台西鄉居民陳財能的父母兄姊，以及十九歲的兒子，皆死於肝炎或肝硬化。為了遠離煙囪，陳財能和太太開著改裝的小貨車，載著所有家俬，過著吉普賽人一般居無定所的生活。鍾永豐並非拿了故事就用，而是試圖找到陳財能本人，「實際聊過，腦中有這個人的樣貌，我才能創作。」他以這個故事背景，寫出〈出，不走？〉。

除了訪談，感官的體驗也實屬必要，他會特別開車到雲林麥寮，什麼事都不做，只是待在六輕數百根煙囪旁邊，大口大口地吸進那氣味。「我到陌生的地方習慣先聞味道，然後聯想分析，是怎麼樣的生活習慣、生產方式，會產生這樣的味道，從味道看見背後的風土。」

鍾永豐在〈臨暗〉裡寫過一個遊子於黃昏想家時，「盡想鼻一下竈下裏煎魚炒菜介味氣。」母親是嫁進客家大家族的閩南人，客家菜做得比任何人都好吃，在廚房炊菜包粄、芋頭粿，從小鍾永豐在旁幫忙，總能嚐到香氣撲鼻的第一口，「我媽會用很多香料，味道下得很精準，所以我從小對氣味特別敏感。」

敏感的鼻子，到了麥寮海邊，每吸進一口酸臭，他就覺得特別殘酷。「怎麼把這個味道寫出來，創作的時候常常卡住，很折騰。」

該做的功課都做了，萬事俱備，只欠東風讓這厚重議題起飛。創作最艱難的時刻，借了一對翅膀給他的，不是Bob Dylan，也不是Joan Baez，不是文青熟悉的西方抗議歌手，而是杜甫，被稱為「詩史」、「詩聖」的那位唐朝詩人。

二〇〇九年鍾永豐卸下嘉義縣文化局長的工作，在去年擔任台北市客委會主委前，有五、六年沒正職，朋友送他一本清朝仇兆鰲的《杜詩詳註》，成了他的床頭書。詩集裡許多密密麻麻的小注，非中文系出身的普通讀者，往往跳過。賦閒在家無事的鍾永豐，有天突然讀懂了，左一句詩經、漢樂府，右一句庾信、王粲，「我開始懂得享受，覺得讀杜詩像是橫跨七、八百年民謠旅行，先秦、魏晉的詩到了杜甫怎麼轉變，Bob Dylan也有這樣的民謠變奏，民謠既承襲也改裝，杜詩全集就是民謠之路。」

一講到杜甫，採訪過程中慢熱的鍾永豐，語氣突然高亢急切起來，頻頻給出最高級的讚嘆詞。杜甫不再只是教科書上遙遠的古人，在鍾永豐的敘述裡，杜甫彷彿活在當代，是能夠比肩談笑，彈得一手電吉他的搖滾歌手。

他眼中的杜甫，是以簡馭繁的天才，安史之亂的危世亂象，原本史家長篇大論的紀錄，杜甫在一首樂府詩裡就解決了。「我寫五輕抗爭，過程非常複雜，跟杜甫學了歸納繁複事情的方法，非常有用。」在〈拜請保生大帝〉還原五輕抗爭現場，黑道、中油包商以及警察、便衣穿梭在村裡威嚇或分化居民，鍾永豐的詞僅用精鍊的四句呈現：「警察纏蒼蠅，夜鬼隨便衣；黑道發酒癲，包商唆是非」，前兩句用了倒裝句，同樣取經自杜甫，「《詩經》裡兩個人的唱和，到了杜甫，將兩個人的角色集中在一個人身上就會變成倒裝，這是民謠裡講的call and responses，杜詩的當代性非常強。」

搭棚西門外，圍廠數個月；
庄內無人閒，新聞報激烈；
大暑轉立秋，志願輪三梯；
天公試我庄，颱風去又來。
——〈拜請保生大帝〉

杜詩凝鍊的節奏，鍾永豐將之比喻為龐克，「杜甫以前的樂府詩還是民謠，到杜甫就變成龐克，意象更鮮明，節奏性更強，不斷地punch。〈兵車行〉裡用了二十八個韻，有長韻有短韻，節奏就是情緒，不斷精鍊再精鍊。我跟生祥說杜甫對我而言是龐克樂手，所以我們這張專輯就決定要搞龐克。寫完之後覺得：幹！杜甫真厲害。」

在面對巨大的石化怪獸，除了激烈吶喊的抗議者，有如敲打的龐克；也有噤聲、失語的沉默一群，鍾永豐借鏡的，是二戰期間的一批東歐猶太女詩人：Nelly Sachs、Rose Ausländer。她們都曾生存在納粹統治下的歐洲，四處躲藏或者被關進集中營。「面對的不是一個人能反抗的，也不是一個地方的人能反抗的，面對的是一種巨大的邪惡，她們要怎麼發聲？我要怎麼發聲？」

東歐詩人伸出的援手，早在二十年前，那時候對成大土木系的鍾永豐而言，這些都是「無用的知識」。讀成大時他認識了在台南開唱片行的許國隆，啟蒙他音樂和文學，從此書一麻袋一麻袋地扛回來，東歐、拉丁美洲和非洲的詩歌作品，就這麼入了眼。鍾永豐幾乎不上課，睡到中午才起床，聽搖滾樂，傍晚打排球，練完球去音響店跟人聊唱片，晚上看書聽唱片，弄到兩三點才睡，代價是被成大退學。他當完兵再插班考上淡江，淡江畢業後回美濃，組美濃愛鄉協進會。

我的鑰匙變孤僻，吵著回鄉找屋
海風北上幫忙敲門，它一身酸臭
田地徵收做大路，每隻鎖頭生鏽

南風直說：歹勢，真歹勢
後頭遇到鎖匠，他轉做管理員
他指庄尾納骨塔：你去試看嘜

——〈南風〉

〈南風〉是對同名的攝影集《南風》致敬，將鑰匙擬人化的靈感，來自猶太女詩人Rose Ausländer的詩作〈Mein Schlüssel〉（我的鑰匙）。Rose Ausländer為躲避納粹追捕，四處藏匿，戰後再回到家鄉時，無比陌生，鑰匙插不進任何一間門鎖，她必須要找到鎖匠，卻只找到鎖匠的墳墓，「二、三十歲時劈哩啪啦念了一大堆東西，後來就會召喚你，原來他們在面對、處理類似的事情時，這個方法是有用的。」

石化園庄的意念，除了抗議環境污染的龐克基調，還有農村勞動力外移至重工業、加工區，留鄉者所感到的巨大孤寂。

鍾永豐是獨子，家中都是姊妹。父親疼他，卻也帶著他下田，讓他放牛、割草、燻菸葉、背肥料，還有最繁瑣累人的抹（摘除）菸筍，「我很感謝我父親，讓我知道菸葉的整個生產過程，讓我知道勞動是怎麼回事。我很喜歡聽農民講黃色笑話，他們平常正經八百，一下田講的笑話可以那麼精采，之所以會有文學，會有民謠，其實來自於勞動者娛樂自己。後來我寫歌，從美濃農民的語言裡借資源出來。」

種菸葉是重勞力的農業，一家全員出動，家戶間交工換工，不足的再請長工。到了一九六〇年代末期，南部的工業化起飛，農村的勞動力都往都市移動。「小時候的成長主題就是寂寞，原本鄰居的小孩和你玩得很開心，有一天開進一台卡車，他們突然都搬走了，那是很傷人的寂寞。」

鍾永豐在〈我的南部意識〉寫：「別離會在除夕下午用零存整付的方式安慰你：移去都市的孩子換了新貌新裝回來，雖然長輩開心說這個變了、那個變得好聰明難免讓你的眼神茫然自卑，雖然在重建的遊耍領域中你自動變成導覽者和服侍者，但熱鬧沖昏了整年的寂寥，再添上年初二早上遠嫁的姑姑們帶回不僅又白又俊又美又聰明還學美術舞蹈小提琴的表弟表妹，世界簡直，簡直成了大統百貨公司童裝部加玩具部。然後別離在當天傍晚又會以高兩個八度音的寂寞逼你用傷心眼神詢問你那困在廚房三天兩夜努力加餐飯的媽媽呀：為什麼我們不能出去？」

林仔邊，石化廠
政府薪水掛保障
小叔報名阿姊考

夥房子弟誘出庄
真勤奮，阿弟牯
每日朝晨穿家過戶
撕掉鄰居牆壁上
昨天的日曆紙

——〈日曆：記一九七五年林園石化工業區設廠招工〉

「為什麼我們不能出去？」

出不去的父親，是家中長子，繼承水稻與菸田。農村人口大量外移後，勻不出人力去抹菸筍，在一根一根一七〇公分菸草的葉子與莖幹間，拔掉會消耗養分的芽筍，那曾是鍾永豐童年時最痛恨的勞作。這個時候，抑芽劑發明了，只要遍灑，就不必再擔心沒有人力。「念成大的時候，我寒暑假還要回去幫忙父親灑農藥，幫他分擔一些，讓他可以在田埂間調配農藥，我來灑就行。那時哪有什麼防護，只戴個簡單的口罩，如果風對著你，就會吸進更多。」

「因為大量灑農藥，在家鄉，父親那輩的農民都活不過六十歲，我父親也是，在我二十三歲那年就過世。」父親不在了，鍾永豐回到美濃抗爭時，仍不時要幫母親灑農藥，「從小灑到快三十歲，我都不知道我吸進去多少。」語畢，鍾永豐的表情有些黯然。

石化圍庄，石化指的不只是石化工廠，還包括石化下游產業所生產出的農藥。我問鍾永豐，《圍庄》這麼沉重龐雜的石化題材，是他創作最久的一張專輯嗎？他的回答出乎意料，以前要花一、兩年的時間寫詞，《圍庄》整張專輯不到兩個月就寫完了。花費最短的是專輯的最後一首歌〈動身〉，寫完倒數第二首的那個夜晚，午夜時分，鍾永豐躺在床上，腦筋仍不停在轉，他忍不住跳下床，「十五分鐘就寫完了，到現在一個字都不曾改過。」

掉幾片葉到我們血管
長幾根草在我們肺裡
保生大帝已經抓到石化魔神
蟲兒鳥兒，你們可以動身了

有幾多水在土裡呻吟
有幾多風在門前失聲
保生大帝已經抓到石化魔神
雲呀雨呀，你們可以收驚了

——〈動身：慶後勁反五輕運動二十五周年〉

「十五分鐘的神來之筆，是因為杜甫穿越過來嗎？」

「杜甫神助我也！」說完他笑了，「這麼說好了，整張創作就是基於一個想像：如果杜甫穿越時空到今天的台灣，看到這些石化業，他會怎麼想？他會怎麼下筆？」

——非營利深度報導網站《報導者》授權轉載，原文網誌：https://www.twreporter.org/a/petrochemical-poet-zhong

●————○ 筆記／范宜如

歌詞就是生活的履歷。鍾永豐的詞，是農村少年的宣言，也是「南部意識」與台北經驗的對話。文中的〈藤纏樹〉雖是隱喻石化業與農業的糾葛，卻正是這篇文章的寫作意識及手法。報導中的生命敘事是有氣味的，從灶咖的芋頭粿到麥寮海邊的酸臭味，引言與敘述交錯，複合到田埂間的農藥味。前後呼應的「為什麼我們不能出去？」正是留鄉者巨大的孤寂。

隱藏在文字背後的是「作者我」的現身，房慧真既是訪談者，也是生祥演唱會的在場觀眾，亦是鍾永豐閱讀的同好。她耙梳鍾永豐創作的源頭，從攝影集到猶太女詩人的詩作，追索到青少年的知識與音樂啟蒙，如乘魔毯。一篇訪談，可以扣連出環境保護的關注核心，石化產業鏈在台灣的怪獸式成長，以及訪談主軸鍾永豐的美濃經驗、閱讀軌跡與歌詞創作。而標題的「龐克樂手杜甫穿越過來了」如神來之筆，創造生猛而蘊藉的想像力。

楊牧《一首詩的完成．社會參與》提出：「社會參與原指一個詩人在創作活動中選擇題目，斟酌體裁，是否有意和當前社會問題乃至於政治風雲互為牽涉。」好的報導也是好的散文，一如鍾永豐的藝術追尋與社會現實的扣合，這篇文章以厚實的人文底蘊，展示這個時代的情感與價值，正是「社會參與」的創作實證。

房慧真，一九七四年生，網路筆名「運詩人」。淡江大學中國文學系、師大國文所碩士畢業，台大中文系博士班肄業。曾任職《壹周刊》人物專訪記者，現為非營利網路媒體《報導者》資深記者，採訪之餘兼事寫作。曾以「新屋大火周年系列報導」入圍二〇一六年卓越新聞獎。著有散文集《單向街》、《小塵埃》、《河流》。近作為人物採訪集《像我這樣一個記者》。

巨龍之眼，美麗之島

馬世芳

二〇一一年五月二日晚上，六十一歲的胡德夫——我們叫他Kimbo——在北京通州運河公園「草莓音樂節」登台獻唱。舞台底下黑壓壓一大片人頭，幾乎都是二十郎當的青年。他們定定站著，雙眼放光，一臉虔誠。這是「台灣舞台」的最後一段節目，同時會場兩邊大舞台的壓軸表演也正火熱：一邊是「二手玫瑰」，另一邊是謝天笑，暴躁的音浪自遠方一左一右轟轟然輾過來。Kimbo沒有樂隊伴奏，他的武器只有一架鍵盤，和他的一把老嗓子。偶爾，年輕的口琴手小彭會竄上台去吹幾段，聊作幫襯。

當Kimbo粗壯的手指滑過琴鍵，開口唱歌，所有背景噪音瞬時像海潮一樣退去。

我確實看過許多次Kimbo的演出。七〇年代末我還是小學生，便曾在台北國際學舍或者國父紀念館的演唱會上，看過一頭黑髮的青年Kimbo彈平台鋼琴唱〈牛背上的小孩〉、〈匆匆〉。我也曾在世紀初的台北「女巫店」看他唱歌，客人只有寥寥幾桌。二〇〇五年他終於出版第一張個人專輯《匆匆》，在台北「紅樓」劇場辦發表會，那夜我也在座。三十年前的青春狂夢、二十年前的衝州撞府、十年前的憔悴落魄，盡成往事。台下冠蓋雲集，昔日戰友多少恩怨情仇，如今許多已是台灣最有錢最有權的人。Kimbo開口唱歌，他們齊齊落淚。散場時那些翻臉多年、各事其主的頭臉人物真誠地緊握雙手，勾肩拍背，相約宵夜飲酒。彷彿起碼這一個晚上，藉著Kimbo的歌，他們可以回到世界還沒那麼複雜的時代。

經歷過那些場面，我以為能經驗的都經驗過了，我將好整以暇聽完這場演出。然而Kimbo唱起〈美麗島〉。歌到中途，我發現自己正嘩嘩地流眼淚。我赧然抹了把臉，偷偷張望左右前後，他媽的，每個人都在抹眼淚，連音控台前的大哥也未倖免。

這大概是我不只第十遍聽Kimbo唱這首歌，我以為〈美麗島〉很難再讓我哭了。打從八〇年代末——台灣解除戒嚴、這首歌「開禁」的時代算起，大概有二十多年，我在任何演唱會聽任何人唱這首歌都會掉眼淚。天知道，李雙澤和梁景峰一九七七年寫下〈美麗島〉的時候，連一絲一毫悲壯的意思都沒有呀。這原該是一首明亮、開闊、歡悅的歌。是後來發生的事，為它披上了苦澀的色彩。

Kimbo在台上說：「我最後來唱一首頌讚大地的歌，叫做〈美麗島〉。」底下一片歡呼鼓掌，我暗暗吃驚於彼岸青年人對Kimbo與台灣樂史的熟悉，畢竟這首歌從未在此地公開發行

——當年《匆匆》引進版專輯在對岸上市，〈美麗島〉沒能通過審批，從唱片中消失了。

我們搖籃的美麗島，是母親溫暖的懷抱
驕傲的祖先們正視著，正視著我們的腳步
他們一再重複地叮嚀：不要忘記，不要忘記
他們一再重複地叮嚀：篳路藍縷，以啟山林

唱罷「篳路藍縷，以啟山林」，Kimbo豪氣地說：「歡迎到台灣來！」全場歡聲雷動。

〈美麗島〉由李雙澤譜曲，歌詞作者是梁景峰，靈感來自七〇年代「笠」詩社女詩人陳秀喜的作品〈台灣〉。與其說梁「改寫」原詩，不如說這是基於原作的「再創作」。比方原詩並無「美麗島」一詞，而是「形如搖籃的華麗島」，梁景峰改成了「我們搖籃的美麗島」。陳秀喜語言質樸，「篳路藍縷，以啟山林」這樣古雅的句子則是梁景峰「置入」——這八個字典出《左傳》，一九二〇年連橫（連戰的祖父）刊行《台灣通史》，序言引了這句話，該文亦是「美麗島」一詞出處：

夫台灣固海上之荒島爾！篳路藍縷，以啟山林，至於今是賴……洪惟我祖宗，渡大海，

入荒陬，以拓殖斯土，為子孫萬年之業者，其功偉矣……婆娑之洋，美麗之島，我先王先民之景命，實式憑之。

梁景峰是李雙澤亦師亦友的哥們兒，在淡江德文系任教。寫下〈美麗島〉的時候，他三十三歲，李雙澤二十八歲。梁景峰曾赴德國留學，遇上了西半球學潮大作的時代。當年台灣尚未開放出國觀光，許多青年都是因為留學，而一頭栽進了西方「青年文化大爆炸」的震央。他們後來有人留在學術世界繼續探勘，有人投入「保釣」運動被列入「黑名單」數十年回不了家，也有人選擇回到故鄉，像揣著火種的普羅米修斯，伺機要讓彼時冷肅的台灣多亮幾星火光。梁景峰，就是這樣一位「歸國學人」。

婆娑無邊的太平洋，懷抱著自由的土地
溫暖的陽光照耀著，照耀著高山和原野

末一句，原詞是「高山和田園」，Kimbo總是唱「原野」，我猜這和他在東海岸大武山麓成長的記憶有關。從「田園」到「原野」，視界確實更開闊了。

台灣島西面海峽，先人所謂「黑水溝」，海象凶險，沉船無數。東岸臨太平洋，海床直劈而下兩千米，海岸臨水陡升，越過花東縱谷，便是重巒疊嶂的中央山脈，直上海拔四千米的玉山主峰。十六世紀葡萄牙水手航經花東海岸，看到這壯美的風景，遂把此地命名Ilha Formosa——福爾摩沙，美麗之島。

Kimbo的故鄉，在台東大武山。一九五三年，他的族人在「山地部落平地化」政策中被強迫離開祖先的土地，從高處遷村到山麓的嘉蘭部落。二〇〇九年「八八水災」，全村四百戶人家，有五十幾戶被沖進了太平洋。

我們這裡有勇敢的人民
華路藍縷，以啟山林
我們這裡有無窮的生命
水牛、稻米、香蕉、玉蘭花

這段Kimbo唱了兩遍，彷彿要確定每一句意象都確確實實穿透了每一個聽者的身體。

「水牛」與「稻米」是相互依存的：四百年來，水牛始終是台灣農耕的主要動力，有水稻處便有水牛。牠們祖先來自華南，隨漢人渡海，適應了海島環境。一九五〇年代中期戶口普查，台灣總人口九百八十七萬，水牛則有三十三萬。台灣牛溫馴、堅毅、耐苦，台灣人亦常引以自況。如今水牛已經少見了，但仍有許多人感念牠們一生辛勞，仍遵守老輩的家訓，不吃牛肉。

當年胡德夫離家到淡江中學念書，寫信給父親說：「請把牛寄上來，這裡有一大片草地。」後來他才知道，那是高爾夫球場。

香蕉是台灣人熟視而近乎無睹的日常水果。它曾是六〇年代占台灣外匯收入三分之一的出口商品，也讓許多蕉農成為富豪：當年每公斤香蕉的外銷價是新台幣六、七塊，一整串蕉起碼能賣一兩百，收割四棵香蕉，就能抵公務員一個月的薪水。

到〈美麗島〉創作的七〇年代，香蕉外銷的黃金歲月早已不再。台灣的小農生產模式敵不過菲律賓、中南美洲蕉農大規模的企業化經營，出口量持續銳減，利潤愈殺愈低。二〇〇〇年台灣香蕉豐產滯銷，產地價格跌到每公斤新台幣一元，蕉農索性拿去餵牛，超過十萬公斤的滯銷香蕉只能倒進河裡。類此情節反覆上演，二〇一一又逢台灣香蕉豐產，寫這篇稿的時候，家樂福的香蕉一公斤只要新台幣十五元。

玉蘭花奇香撲鼻，早年台灣女子常以花瓣別在髮梢衣襟。它也是祭神常備的供品，廟宇酬神的日子，總有小販把沾著水珠的潔白玉蘭花堆成一座座小山。善男信女買來一朵，和素果麵點一起盛盤擺上供桌。城裡十字路口也有挎著籃子賣玉蘭花的，她們趁紅燈巡走在停等的車陣，駕駛人搖下窗戶買一朵，玉蘭花都串上了鐵絲，掛在後照鏡，能香一整天。

近年賣玉蘭花的少了，車陣中巡走的打工者，發送的都是賣房廣告。

我記得七〇年代末的「校園民歌」演唱會，最後安可曲總是合唱〈美麗島〉——那時這歌還沒變成「黨外雜誌」的名字，大家不大把它跟政治聯想在一起。七、八歲的我聽到「水牛、稻米、香蕉、玉蘭花」，總是忍不住咯咯笑。怎麼會有人把香蕉和玉蘭花寫成歌詞呢？

〈美麗島〉的作曲人李雙澤，是一個愛唱歌、愛寫文章、愛畫畫、愛拍照、愛交女朋友的傢伙。他大學沒念完，賃居淡水一棟叫「動物園」的房子，淡江師生和各路藝文人士經常在那兒熬夜聚談，儼然「沙龍」。他亦曾浪遊世界，看遍第一世界到第三世界的江湖風景。李雙澤最著名的事蹟，是在一九七六年一場校園演唱會拎著一瓶可口可樂上台，質問唱「洋歌」的青年：「全世界年輕人都在喝可口可樂、唱洋文歌，請問我們自己的歌在哪裡？」傳說他後來一氣摜碎了那瓶可樂，但據當天在場者回憶，那恐怕是誇大的神話。無所謂，李雙澤的「嗆聲」，震撼力並不下於當眾打碎一只玻璃瓶。

既然點了火，他也以身作則，開始寫歌，並用簡陋器材錄下一些作品。一九七七年九月，李雙澤跳海救人，竟溺死在淡水，時年二十八歲，他甚至來不及自己錄下親自演唱的〈美麗島〉。告別式前一天，老友Kimbo和楊祖珺借用「稻草人」西餐廳的錄音器材，就著李雙澤的手稿彈唱這首歌，留下了〈美麗島〉的第一個錄音版本，在葬禮現場初次播放。這個版本後來屢經轉拷，地下流傳許多年，直到二〇〇八年才正式收錄到楊祖珺《關不住的歌聲》專輯。

單就專業表現論之，那錄音實在不算高明，音質破爛不說，兩人和聲參參差差，有兩處吉他和弦還按錯了。最後唱到「水牛、稻米、香蕉……」，楊祖珺忽然沒了聲音。二〇〇八年我訪問楊祖珺，她說那不是哽咽，而是笑場——她和Kimbo邊唱邊笑：這什麼詞嘛！那年她二十二歲。

後來的許多年，楊祖珺和Kimbo還會有許多機會合唱這首歌。一九七八年楊祖珺發行個人專輯，收錄管弦樂團伴奏的〈美麗島〉，是這首歌第一次公開發行。不過唱片公司發現楊祖珺被當局目為「問題分子」，深怕受牽連，兩個月後全面回收銷毀。一九七九年五月，「美麗島」成為一本黨外雜誌的名字，十二月高雄「美麗島事件」爆發，這首歌竟輾轉為一九四九以來台灣最重大的政治反抗事件提供了標題，此時李雙澤已經死了兩年。

楊祖珺後來投入「黨外」反對運動，Kimbo則組織「台灣原住民權利促進會」，成為台灣「原運」的旗手，兩人曾在競選卡車上合唱過〈美麗島〉。之後二十年，他倆在各自的陣營經歷了曲折與磨難。Kimbo常常想起李雙澤，他後來覺得應當和天上的老友應和一下，告訴他：這個島依舊美麗。近十年來，他在這首歌的尾奏，總會多唱一折：

我們的名字叫做美麗
在汪洋中最瑰麗的珍珠

福爾摩沙，美麗，福爾摩沙
福爾摩沙，美麗，福爾摩沙

七〇年代初，李雙澤和Kimbo相識。Kimbo彈一手好琴，在西餐廳唱英文歌，頗受歡迎，掙的錢比同齡人都多。有一天李雙澤問他：「Kimbo，你們『山地人』有什麼歌？唱給我們聽聽。」Kimbo楞住了——他離開故鄉到城裡讀書，考上台大，迷上西洋音樂，夜夜唱歌掙錢，卻從來沒想過「我們自己的歌」。

Kimbo苦思良久，想起父親唱過的一首歌。他在一次駐唱忐忑試唱那首父親唱過的卑南語歌謠，生怕聽慣「洋歌」的客人會喝倒采，沒想到掌聲空前熱烈。得此鼓舞，Kimbo決意唱更多「自己的歌」，這是李雙澤的功勞。此人歌聲堪稱難聽，創作歌曲也只有寥寥幾首，還來不及邁入成熟就死了。這個傢伙的熱情，卻逼使許多人思考、行動，在他死後，那熱力甚至輻射得更大更遠。

Kimbo把父親唱過的那首歌，教給了歌手楊弦。楊弦一九七五年在台北中山堂辦創作發表會，嘗試替余光中詩作譜曲，後來發行《中國現代民歌集》，咸認為是七〇年代台灣青年創作歌謠風潮的「引爆點」。楊弦在一九七七年的《西出陽關》專輯收錄了這曲〈美麗的稻穗〉，一把吉他伴奏，唱得無比清澈、無比虔敬。當時，他和Kimbo都以為這是一首古謠。

後來Kimbo回到故鄉，才知道〈美麗的稻穗〉是近人作品，作者陸森寶是卑南族南王部落人氏，這首歌壯美的旋律底下，埋著一段苦澀的歷史：一九五八年「金門砲戰」爆發，許多原住民青年被徵兵去前線作戰。故鄉的水稻已經成熟，一起收割的壯丁卻都不在。陸森寶觸景生情，遂有此曲。

釐清這段歷史，Kimbo總算學會了〈美麗的稻穗〉完整版本：

今年是豐年，家鄉的水稻將要收割
願以豐收的歌聲，報信給前線金馬的親人
家鄉的造林，已經長大成林木，是造船艦的好材料
願以製成的船艦，贈送給前線金馬的哥們兒

胡德夫後來常說：李雙澤提倡「唱自己的歌」，開展了他的溯源之旅，而在他心目中，陸森寶是率先踏上這條路的可敬先驅。

李雙澤當年刻意遠離楊弦那種雅緻、文藝、帶著學生味兒的「中國現代民歌」路線，追求一種更不修邊幅、粗礪率性的風格，這自然是受了美國新民謠從伍迪蓋瑟瑞到彼特席格到巴布迪倫的影響。然而不可否認，儘管李雙澤作品質地粗糙、形式簡單，他的確示範了「唱自己的歌」可以怎麼幹——他的歌自有一種粗服亂頭的姿態，不再是「以漢語演唱西洋流行音樂」，又和我們耳熟能詳的東洋、西洋、上海風都不大一樣。那些歌的靈魂，從迪倫出發，一路回溯，最終仍要逼近先民傳唱的那些民謠。

許多人為李雙澤辯護，說他寫〈美麗島〉並不存有政治意識，我想這也未必，端看你怎麼解釋「政治」。他傳唱最廣的另一首歌〈少年中國〉，不也擺進了耐人尋味的意象嗎：

古老的中國沒有鄉愁，鄉愁是給沒有家的人
少年的中國也不要鄉愁，鄉愁是給不回家的人……
古老的中國沒有學校，她的學校是大地的山川
少年的中國也沒有老師，她的老師是大地的人民

要是李雙澤還活著，他多半會和Kinbo、祖珺一樣，不可能自外於後來一連串搖撼台灣社會的事件。只是我們不可能知道：他會不會像當年老友一樣，經歷那許多的磨難與挫折，人過中年，最終在歌裡找到了救贖？

我偶爾會想：設若早生二十年，我會變成李雙澤的哥們兒嗎？大概不會。李雙澤是一個倔強、熱血、滿心正義感的傢伙，並且就跟許多那個歲數的青年一樣，深深相信自己看到的道路，才是最正確的道路。若是身在一九七六「可樂事件」現場，我想，我不會為他的唐突與無禮喝采。

我在青年時代也認識同樣倔強、熱血、滿懷正義的同輩人，他們才氣確實遠不如李雙澤，我總覺得他們最大的問題是缺乏幽默感，他們深深相信自己可以改造世界，凡不這麼相信的人則必須被改造。他們刻意不修邊幅，個個活成浪人模樣，彷彿這樣就可以擺脫他們多半不壞的出身，假裝自己屬於那個他們從未屬於過的階級。他們崇尚「草根」的土味兒，崇尚「素人」與「民間」這樣的辭彙，敵視精緻、敵視文氣、敵視「為藝術而藝術」。他們認為在這危急的時代沒有人可以置身事外，他們隨時要「啟蒙」你。而我始終覺得所謂自由，就是讓人能有「置身事外」的權利。一旦我們變得和我們反抗的對象一樣無趣、滿嘴教條、隨時隨地逼人表態，那革命還有什麼意思？——不消說，我們看彼此都不是很順眼。

聽著李雙澤那些粗糙的老錄音，我不禁想起青年時代認識的那些人。若我與李雙澤生在同一時代，多半也會被他目為「覺悟性不夠」、「革命純度不足」的那種人吧？設若如此，我該感到羞愧嗎？

看胡德夫的前一天，我在北京「鳥巢」國家體育館看了整場「滾石三十年」演唱會。其中一個饒富深意的段落，是侯德健和李建復同台唱〈龍的傳人〉——李建復是這首歌的原唱，至於侯德健，這首歌的詞曲作者，已經二十多年未曾在中國大陸公開演出了。那段表演不算特別純熟，恪於時間壓力，歌曲沒能唱全，老侯還唱錯了一段詞。但當李建復介紹侯德健出場，唱了兩句〈歸去來兮〉，仍讓我心震動：

歸去來兮，田園將蕪
是多少年來的徘徊
啊，究竟蒼白了多少年
是多少年來的等待
啊，究竟顫抖了多少年

侯德健，還認識這個名字的兩岸青年恐怕不多了。然而只要回頭專心聽過，你應該也會同意，他實在是七〇年代「民歌運動」孕育的那群青年創作人之中，才氣、底氣俱足的將才。他的創作很早就脫去了彼時「校園民歌」習見的文藝腔，語言乾淨而坦率，並且擅長從「小我」經驗寫出「大我」情結。比方後來讓包美聖唱紅的〈那一盆火〉：

大年夜的歌聲在遠遠地唱，冷冷的北風緊緊地吹

我總是癡癡地看著那，輕輕的紙灰慢慢地飛
曾經是爺爺點著的火，曾經是爹爹交給了我
分不清究竟為什麼，愛上這熊熊的一盆火……
別問我唱的什麼調，其實你心裡全知道
敲敲胸中鏽了的弦，輕輕地唱你的相思調

侯德健生於一九五六年，比李雙澤小七歲。他曾說：「政治本該是人的一部分，人不應該是政治的一部分」——然而事與願違，侯德健半生浪蕩顛簸，幾乎都和「政治的一部分」難分難解。他老是在錯誤時機做正確的事、在錯誤場合說正確的話，結果這個名字就這樣曲曲折折跌進了歷史板塊錯開的裂縫，被海峽兩岸以各自不同的理由遺忘了。

一九七八年十二月十六日，美國宣布將在次年元旦與中華人民共和國建交。這是台灣自一九七一年被趕出聯合國以來，連年外交挫敗的最後一擊。二十二歲的侯德健在這一天悲憤寫下〈龍的傳人〉——說真的，這首歌旋律簡單、歌詞粗糙，絕非侯德健最講究的作品。但是一首歌的命運，往往連創作者都無法逆料。侯德健作夢也想不到這首歌將如何改變他的生命，帶給他多少光榮和詛咒。

〈龍的傳人〉先以手抄曲譜的形式傳唱開來，繼而在一九八〇年由李建復錄成唱片。將近三十年後，我初次聽到侯德健一九七九年親自彈唱的demo，才發現〈龍的傳人〉原本是一首哀怨而壓抑的民謠，與我們熟悉的悲壯情緒相去甚遠。當年是製作人李壽全和編曲家陳志遠，合力把這首歌「托」了起來：悠揚的法國號前奏、沉鬱跌宕的混聲合唱、浩蕩的管弦樂團……當然還有李建復正氣凜然的清亮歌聲。他們讓〈龍的傳人〉徹底擺脫哀怨，變成了一首悲壯的史詩。

遙遠的東方有一條江，它的名字就叫長江
遙遠的東方有一條河，它的名字就叫黃河
雖不曾看見長江美，夢裡常神遊長江水
雖不曾聽見黃河壯，澎湃洶湧在夢裡

這是一個在台灣出生、成長的眷村子弟，對素未謀面的「故土中國」的執迷。我們想起楊弦唱過的余光中〈鄉愁四韻〉：「給我一瓢長江水呀長江水／那酒一樣的長江水」——長江黃河對彼時的台灣青年，仍只能是可望而不可即的符號。

古老的東方有一條龍，它的名字就叫中國

古老的東方有一群人，他們全都是龍的傳人
巨龍腳底下我成長，長成以後是龍的傳人
黑眼睛黑頭髮黃皮膚，永永遠遠是龍的傳人

在「鳥巢」九萬人的會場，再度聽到這久違的熟悉的歌詞，仍不禁感到錯亂。歷經三十年歲月沖刷，物換星移，如此單薄天真的圖騰標籤，在我耳中益發顯得不合時宜。而那天在「鳥巢」，他們沒能唱到關鍵的第三段：

百年前寧靜的一個夜，巨變前夕的深夜裡
槍砲聲敲碎了寧靜夜，四面楚歌是姑息的劍
多少年砲聲仍隆隆，多少年又是多少年
巨龍巨龍你擦亮眼，永永遠遠的擦亮眼

「姑息的劍」是為了配合審查而改的詞——當年國府面對兵敗如山倒的外交處境，有「國際姑息逆流」的慣稱。侯德健更早的版本有二：「洋人的劍」、或者「奴才的劍」。「洋人」指列強逼壓，「奴才的劍」則把國族危殆的責任歸到了不爭氣的「自己人」，更耐人尋味一些。

整首歌直到這邊才轉入悲憤。鴉片戰爭、八國聯軍的恥辱，和台美斷交、洋人「背棄」這片島嶼的現實前後映照。嚴格講，這段歌詞潦草而文氣不通，但正是這曖昧的仇憤，讓〈龍的傳人〉能夠跨越兩岸、在不同的時代凝聚起不同的群眾。它勾起了「同仇敵愾」和「恨鐵不成鋼」的心情，這在台美斷交之後被孤立於國際社會的台灣，以及邁入改革開放、重返世界舞台的中國大陸，都能找到集體焦慮的連接點。於是它先被國府「綁架」成官媒炒作的「愛國歌曲」，直到侯德健一九八三年干犯禁忌「出走」大陸，〈龍的傳人〉在台灣一度變成禁歌。在此同時，它開始在對岸傳唱，相同的詞曲，卻能映射出另一種光譜。

二十多年過去，台灣是老早告別〈龍的傳人〉的意識型態了，而我深深覺得彼岸亦未必需要這條身姿曖昧、體腔空虛的巨龍。見到侯德健終於得以公開登台演出，我衷心為他歡喜。然而老實說，同樣關於歷史、國族和家園，我更願意再唱一次〈美麗島〉，再聽一次〈少年中國〉。我還更願意拿出蒙塵的老唱片，再放一次侯德健「出走」對岸之後寫的〈歌詞一九八三〉，那年老侯二十七歲：

回想起當年，沒問完的問題很不少

只是到如今，還需要答案的已經不多
關於鴉片戰爭以及八國聯軍，關於一八四〇以及一九九七
以及關於曾經太左而太右，或者關於太右而太左
以及關於曾經瞻前而不顧後，或者關於顧後卻忘了前瞻
以及或者關於究竟哪一年，我們才能夠瞻前又顧後
或者以及關於究竟哪一天，我們才能夠不左也不右……

——選自《耳朵借我》，新經典文化

●——○筆記／范宜如

二〇一六年諾貝爾文學獎頒發給Bob Dylan，讓人開始思考，歌詞是文學嗎？這篇長幅的散文，以〈美麗島〉、〈龍的傳人〉的創作與表演為主軸，概括了台灣的幾個關鍵事件，以及李雙澤、胡德夫、侯德健等人的生命風景。文章從二〇一一年北京「草莓音樂節」胡德夫的現場表演寫起，寫出胡德夫一人獨當一面，震懾全場的魔術時刻。文中關於演唱會的紀實書寫，不在於標舉胡德夫等

人的演唱魅力，而是多少人與青春往事和解的對話。馬世芳站在一個時代的高度，加入了「現場」的情感渲染，回看這兩首歌如何在兩岸形成了獨特的風景，恰恰呼應了「民國」的複雜性。

馬世芳以他對歌詞、歌史的探勘與研究，深度詮說兩首歌的形成以及創作的細節。歌詞如何借用詩句，轉化古典，又如何扣連時代，形成七〇年代民歌運動。歌詞呼應著當代社會，豐產卻滯銷的香蕉，是農民無解卻重複的學分，這是〈美麗島〉的反諷。而〈龍的傳人〉如何從哀怨而壓抑的民謠，變形為一首悲壯的史詩；又如何跨越兩岸，形成某種共同體，相互映射與對話。

這篇文章隱含了歌詞的文學性，以及歌詞作為詩史的可能性。在敘述與感懷之間擺盪，迂迴地開展歌與人的生命敘事。不只關於歷史，國族與家園，也帶領我們思索自由以及自我存在的位置。

馬世芳，一九七一年生，台大中文系畢業。作家、廣播人。創作多以音樂為主題。曾獲金鼎獎「最佳文學語文類圖書獎」提名、榮獲聯合報「讀書人年度最佳書獎」；以廣播節目「音樂五四三」獲得二〇一四、二〇一五年廣播金鐘獎「最佳流行音樂節目獎」，並於二〇一五年獲得「最佳流行音樂主持人獎」。著有散文集《地下鄉愁藍調》、《耳朵借我》、《歌物件》等；與他人合著《在台北生存的一百個理由》、合譯《藍儂回憶》；編纂《永遠的未央歌：現代民歌／校園歌曲二十年紀念冊》等書。

姊姊

毛尖

夜幕降臨，姊姊伍拉和弟弟亞歷山大，又手拉手來到火車站，從雅典開往德國的火車緩緩啟動，這個景象姊弟倆已經見過很多次了，不過這回，他們終於鼓起勇氣跳上了車，他們要去德國找從未謀面的父親。

這是安哲羅普洛斯（Theo Angelopoulos）的電影《霧中風景》（*Landscape in the Mist*）的開頭，有著《杜依諾哀歌》（*Duino Elegies*）的氣氛，註定了這兩個年幼的私生子將在成人世界付出童年和夢想，雖然最後，導演很仁慈地讓這個無限淒迷的公路電影有了一個童話的結尾：兩個孩子渡過邊界，奔赴創世紀中的第一棵樹，他們幻想中的「父親國度」。

伍拉——伍拉——

這個結尾是安哲羅普洛斯特別爲他的七歲女兒創作的，他對他的孩子說：「如果妳願意，妳可以重新創造這世界。就像這樣，手輕輕一揮，霧就會消失。」但是大概連孩子都看得出來，這個世界有多麼令人絕望。才剛剛桌子高的亞歷山大走進一個小飯店，跟老闆說：「我沒有錢，可是我很餓。」他想要一個三明治，但是老闆跟他說，你得工作才能吃到東西。他踮起腳收拾一張張狼藉的餐桌，掙到了一個三明治。出來遇到四處找他的姊姊，他把吃了一半的三明治遞給她，說：「我掙錢買的。」

每次，我都不忍看這一段。而當美麗的小姊姊在一個粗暴的卡車司機手中喪失了童貞的時候，安哲羅普洛斯讓黑洞般的卡車對著銀幕，背景裡傳來弟弟慌亂的呼喊：「伍拉——伍拉——」所有的觀眾都心碎了。

生命中的大霧彌漫過來，年幼的孩子慢慢長大，伍拉在幻想中給父親寫信：「弟弟已經會自己穿衣服了……我的燒也慢慢退了……」不過，有時候，她覺得自己和弟弟已經忘了他們趕路是爲了什麼，有時候，他們忘了他們是爲了找父親而離開家的……

冬天的雅典，悽楚的人間，小弟弟和小姊姊在成人世界跋涉，苦難中也有別樣詩意，年輕的奧瑞斯蒂斯彷如被謫下凡的天使般在荒涼的公路上出現，小亞歷山大把他當作了年輕的父親，小伍拉經歷了鴻蒙初闢的第一陣心跳，他們一前一後坐在奧瑞斯蒂斯的摩托車上，感覺飛了起來飛了起來……但是，告別在即，馬路空闊，夜雨無邊，伍拉撲在奧瑞斯蒂斯的懷中，痛哭起來。無限委屈和無限恐懼湧上女孩心頭，「誰，倘若我叫喊，可以從天使的序列中，聽見我？」

沒有天使聽見他們，姊姊拉著弟弟，又上路了。在火車站，他們沒有錢買票，小女孩毅然走到蹲在月台上抽菸的一個年輕士兵身旁，說：「能給我三百八十五德拉克馬嗎？」（編按：德拉克馬，指drachma，希臘貨幣單位。）伍拉已經長大，知道美麗的用處了。安哲羅普洛斯的鏡頭長久地停留在女孩身上，《霧中風景》中的「姊姊」也慢慢長成了波特萊爾（Charles Baudelaire）筆下的「多羅泰」。

拉著我的手，我帶你走！

美麗的美麗的多羅泰！《巴黎的憂鬱》（*Le Spleen de Paris*）中，波特萊爾用濃釅的華美筆調描繪了長大了的伍拉：「在一望無際的碧空之下，唯一的生命多羅泰，像太陽一樣強壯和驕傲……所有人都愛慕、欣賞的多羅泰，她該會多麼幸福啊，如果她不是迫不得已地一分一分地攢著錢，以便去贖回她的小妹妹——小妹妹已經十一歲了，成熟了，而又是那麼美麗。」

走在空蕩蕩的沙灘上，多羅泰像青銅一樣美麗、冷淡，人世的沙漠中，她們早早學會了使用自己的身體，而在殘酷大街上，多數的人根本不懂得金錢之外的美。白晝是這般委屈，夜晚又充滿恐懼，里爾克（Rainer Maria Rilke）代替這些公共的玫瑰祈禱：「瑪麗亞，妳一定得待我們溫柔，因爲我們是從妳的血液中出生……」

里爾克的祈禱令人憂傷，搖滾詩人張楚因此悲憤唱出：「姊姊我看到妳眼裡的淚水／妳想忘掉那污辱妳的男人到底是誰／他們告訴我女人很溫柔很愛流淚／說這很美／哦！姊姊！我想回家／牽著我的手，我有些睏了／哦！姊姊！帶我回家／牽著我的手，妳不用害怕。」這是一個長大了的弟弟獻給姊姊的歌，歲月之初，心跳溫柔，拉著姊姊的手，弟弟說姊姊妳該表揚我今天很聽話，姊姊我的衣服有些大了，姊姊妳說我看起來很挺嘎……而當姊姊在歲月中獻祭了羔羊般的純潔後，小亞歷山大們終於深一腳淺一腳地走出童年走出少年，這回，他們要用法國詩人艾呂雅的誓言來表達自己的決心：「拉著我的手，我帶你走！」

張楚的這首〈姊姊〉在校園裡傳唱不息，不僅因爲「姊姊」是「回家」的道路，還因爲，「姊姊」代表著塵世裡百折不撓的柔情，和所有最悱惻動人的生命細節相關；還因爲，「姊姊」總是比我們更早和生活短兵相接，流更多眼淚受更多委屈。十多年了，每次在校園裡聽到這首歌，總覺得一陣心酸。想起齊秦有一次接受採訪，說到齊豫，講了一句「她是我姊姊」，就動了感情。他說齊豫代表了「姊姊」所包含的所有內容，「沒有姊姊就沒有我。姊姊把她的溫情和善良給了我。我的孤僻和怪異全是自己的，你們不要怪她。我崇拜姊姊。姊姊的歌高飄、細膩、古典，全不似我這般粗俗。我不是狼，但姊姊是天使。」

姊姊是天使，這句話所有的詩人都會同意。赫塞（Hermann Hesse）在病重之時，寫下了〈給我的姊姊〉：「我離開我的故鄉，走到遙遠的歧路上。我所熟悉的花兒，那些重重的青山，那些人物和土地，都已經完全改變。只有從你的嘴裡，我聽到往日的聲音，獲悉往日的事情，像神話一樣可親。」站在歲月的黃昏，一切都變得不再重要，這個時候，姊姊從所有的事物中浮現出來，成爲最初和最後的愛情。

姊姊，我今夜只有美麗的戈壁

海子的〈日記〉是我讀到的最美的「姊姊之歌」。一開首，就令人熱淚盈眶：「姊姊，今夜我在德令哈，夜色籠罩／姊姊，我今夜只有戈壁。」熱淚盈眶，還因爲，我們這一代人，都天然地把海子當作「我們的詩人」。

一九八九年三月二十六日，他在河北省山海關臥軌自殺，消息是第二天傳到我們學校的，那年我剛進大學，剛在詩社的幾個前輩那裡知道了海子這個名字。那天黃昏，詩社的一個召集人來敲宿舍窗戶，神色很峻急，匆匆交代一聲：「七點，文史樓，務必來。」然後就消失在宿舍外的小樹林裡。吃完飯，我早早就趕去了，小教室裡已經坐了一圈人，門口有人遞了我一朵小白花，我的第一反應是，哪個領導人永垂不朽了；就我記憶所及，只有領袖死了，才集體佩小白花。

場面肅靜，我又是小不點，就一句沒問地揀了個角落位置坐了下來。過了一陣，教室滿了，詩社社長就上來，用了真正沉痛的聲音說：「海子自殺了。」沒有人驚呼，雖然很多人像我一樣，也是剛剛面對那個晚上的真相。然後就有人哭起來，我還聽見有人問：「海子是誰？」說實在，我那時對海子還沒多少感情，但是，茫茫然的哭聲中，我也覺得悲傷，便跟著哭了起來。

接著，高年級的同學就一個個地上去朗誦海子的詩。歲月流逝，其實我已經記不清那天晚上都朗誦了海子的哪些詩，但每次重溫海子的詩，我都覺得詩裡伴隨著那個晚上的陣陣抽泣。

在他死後，他的詩歌真正地流傳起來。在戀愛，分手和畢業告別這些最動情的儀式上，總有人引用：「草原盡頭我兩手空空／悲痛時握不住一顆淚滴／姊姊，今夜我在德令哈／這是雨水中一座荒涼的城……今夜我只有美麗的戈壁空空／姊姊，今夜我不關心人類，我只想你。」有一段時間，大學校園瘋狂地流傳海子詩句，而他的詩歌也成了青春聖經。有一個男生，因爲用動人的男低音朗誦了〈日記〉，把班上最溫柔的女孩帶到他的家鄉去了。這件事情後來讓我懷疑，在〈日記〉這首詩中，是詩人海子的魅力更大，還是詩中的「姊姊」更有魔力？

原來是對生活的一種命名

多年以後，聽到一首流行歌曲，〈姊姊走的那個下午〉，巫啟賢的聲音簡簡單單，歌詞也簡簡單單，但是我還是沉醉般地來來回回把那首歌聽了幾遍，我發覺自己在「姊姊」這個單純的概念中無力自拔。又一次，走過一個小賣部，突然聽到九〇年代的一支校園民謠〈姊姊明天就要嫁人了〉，我立即折了回去，在那個小賣部尋尋覓覓直到那首歌放完為止。

拿著一堆無用之物從小賣部出來，紛紛亂亂的生活往後撤退，心中又響起了張楚的〈姊姊〉，我第一次意識到「姊姊」原來是對生活的一種命名。就像安哲羅普洛斯喜歡把男主角叫作「亞歷山大」，楚浮喜歡「安東」這個名字，高達認爲「所有的男孩都叫巴特克」，詩人們把生命中最重要的女性稱爲「姊姊」，因此，亞歷山大也好，安東也好，巴特克也好，在他們的成長歲月裡，永遠有一個「姊姊」。日本電影大師溝口健二在談到他的電影時，也曾動情說到：「姊姊壽壽，是我所有影片的光芒。」

溝口的姊姊，爲了家庭，或者說爲了溝口，做了藝妓，不久又在大府邸裡做了地位低下的妾，溝口也從小見慣了姊姊忍辱負重的樣子，後來他開始做導演，最常拍的題材就是一個年輕男性，在一個美麗藝妓的庇護下，有了出頭之日，然而，藝妓本人卻常常因此魂歸離恨天。《折紙鶴阿千》、《日本橋》，以及後來的《浪花悲歌》、《殘菊物語》、《山椒大夫》都是這樣的影片。基本上，在他的電影世界裡，就是兩個主角，一個姊姊，一個弟弟，而姊姊總比弟弟更高貴。

大概就是在這個意義上，保羅．策蘭（Paul Celan）的〈風景〉顯得無比明確：「高高的白楊——這大地上的人類！／幸福的黑色池塘——你將它們映向死亡！／我看見你，姊姊，站在那光芒中。」

——選自《沒有你不行，有你也不行》，遠流

●————○ **筆記／范宜如**

毛尖談電影及文化現象一向犀利、敏銳，機靈戲謔之外又博學多識，自成一格。總能在具有個人風格的語言中攫取電影的魔術時光，或以史詩角度總括導演風格；或停格在經典畫面，說解演員如何表意（藝）如何長成。可以這樣說，多讀毛尖隨筆，可知影史影事影識。

這篇〈姊姊〉從安哲羅普洛斯到波特萊爾，從里爾克到張楚，從齊秦的「她是我姊姊」到海子的詩，連結了毛尖的大學時代的成長記憶。青春的追尋之中有重重嚮往，對過往的迷戀，未來的迷惘，是一整個世紀的朦朧的美感。「姊姊是天使」，「姊姊是『回家』的道路」，在毛尖筆下，姊姊一詞如此神聖，宛如天啟。

文章擇取細節，重構情節，而文字的節奏感讓思路如映像，有光影的層次。文章展示了她對電影的熟稔，高達、溝口健二隨手拈來如朋友之名但又不是掉書袋。影迷讀者，可從此篇文章看到影像與文字的串聯，從《霧中風景》到保羅・策蘭〈風景〉的「她站在那光芒中」，電影閱讀原是指向生活的寓意及哲理。不熟悉電影的讀者就看她如何以似命題作文的標題「姊姊」驅遣電影敘事、現代詩與歌詞，又如何將流行的語彙與電影的詩意冶成一篇散文。毛尖自承：「『姊姊』原來是對生活的一種命名」，或許這也是她想傳遞給讀者的情動力。

毛尖，浙江寧波人，上海華東師範大學外語系學士、中文系碩士。香港科技大學文學博士。專欄曾遍及中國、香港、新加坡等地。創作文類以散文為主。著有《非常罪，非常美：毛尖電影筆記》、《當世界向右的時候》、《識字課本》、《慢慢微笑》、《沒有你不行，有你也不行》、《亂來》、《這些年》等；譯有《上海摩登》等。

《要成為攝影師，你得從走路走得很慢開始》節選

張雍

更忙碌的手指

攝影發明至今已有兩百多年，想必當時人們完全沒有期待，若干年後的未來，手機上一個不起的按鍵，將輕易地取代相機的快門鈕與伊士曼（George Eastman）先生的底片。

六月搬到斯洛維尼亞後，等待新門號開通之前，也嘗試用手機記錄新生活裡全新的節奏、顏色與空間，那些經過時不自覺放慢腳步的細節。這些及時影像，是手邊那張斯洛維尼亞地圖的插圖照片，試著透過這樣的練習來理解，這個與新環境一樣讓我感到同樣陌生的時髦視覺語言。

隨處可見手機攝影師們穿梭在大街小巷，兩支手機一支拍照另一台講電話，除了確認手機是現代人主要的溝通工具之外，更證明了以手機說故事的可能性正撼動著傳統世界對於攝影既

定的想像。伊士曼先生現在可能會後悔，一八八八年九月，他驕傲地向世人引薦首部可以重複填裝底片的相機時，並沒有搶先將電話的功能整合在那只狀似黑盒子的輕便相機裡邊……

然而我們也必須承認，智慧型手機並不會讓你的照片變聰明，畢竟還是同樣的腦袋在你脖子上緣，手機上也沒有一個按鍵能讓感性浮上檯面，唯一的差別，只是手指更忙碌了些。琳琅滿目的相機應用程式也有一八八八年那台伊士曼相機復古的濾鏡效果可供挑選，但App畢竟是下載到手機裡的晶片，並非眼睛視網膜的表面。

科技進步之快，人們變得健忘是得概括承受的妥協，想到讓人覺得遺憾。兩百年後人們會從我們這一代所拍攝的照片來研究我們目前所處的這個時代，但應該沒有人會記得，二〇一三年當時市面上手機銷售的冠軍究竟是哪一款。

在現實的劇場裡剪貼與混搭

觀看一幅攝影作品時，快門所凝結的那個當下，那個片刻它前後的世界究竟產生了哪些變化？這總是觀者與攝影師之間最私密也有趣的對話。尤其，畫框（frame）內具體的人物與意象與畫框外現實世界種種的抽象所形成的反差，每每讓樂譜上的音符有了具體的形象，也讓詩人的詩句有著更飽滿的重量。

攝影師其實是在現實世界的劇場進行各種「剪貼」的想像——在各式場景裡，將密度與形狀不盡相同的情感交叉剪輯後依序放進剪貼簿裡收藏。自己剪貼時尤其喜歡將來自不同場景的角色們並置混搭，畫框與畫框之間那原本素昧平生的故事線透過觀者自由的想像，碰撞出各種「多方即興演出」的火花，在劇本替我們預留好的篇幅上，填上各種可能的情節與對話。

攝影師的工作絕非僅止於快門按下的剎那，如何讓諸多角色與不同背景的觀者們透過一幅二度空間的影像產生對話，讓原本早已被時間凍結的某個片刻再度躍然紙上，這是連魔術師們都百思不解的戲法。

要成為攝影師，你得從走路走得很慢開始

在國內談美食，談新型手機總是容易，但關於攝影的討論經常是格外困難的議題。好比愛斯基摩人的語言裡，關於雪的形容或者描述有上千種可能性，但必須在北極圈愛斯基摩人的聚落裡待上幾個星期，你才有可能試圖理解或者有材料去想像那些畫面——每片雪花其實都有其獨特的樣貌、墜落時的姿態以及呼應的心情。

我想攝影也是。所有鏡頭後邊那些好奇的眼睛，始終在探索的不就是在收集各種可能性或者重新定義自己在這個星球上的位置與眼前世界的距離？然而亞洲社會一向強調的效率以及求

學過程中各種考試的競爭與排名，似乎已將絕大多數的心思訓練成「標準答案的解題機器」，但偏偏攝影邏輯講究的其實並非答案本身，而是問問題的方式及誠懇的語氣。更何況，眼前世界的情勢已再三向人們反映——太多不費吹灰之力便得到的答案，並不會讓我們的生活往更美好的方向前進，反而模糊了命題的初衷與美意，讓人們產生錯覺，誤以為一旦累積了相當數量的答案，原本的問題將不再是個問題……答案比問題還多的現象讓我不解，畢竟經典的攝影經典作品通常不提供觀者答案，精采的作品總是將好奇的眼光聚焦在那些最精采的無解，作者將一段深刻的生命體驗轉化成一張照片，讓我們在畫框前駐足沉思，學著用新的角度來感受那個畫框外我們最熟悉卻也格外陌生的世界。

在歐洲收集影像故事，轉眼間已第一個十年。歐洲的步調很慢，這裡人們喜歡在咖啡館聊天，更不喜歡加班，情願在自家院子的花叢裡修修剪剪，或者一個人跑到山裡走上一整天。從歐洲人身上，我發現亞洲社會裡一向注重「功效」的價值觀，似乎與詩意的生活、美學及感性的培養形成一種對立，「效率」與「詩意」彷彿是源自於不同星球的信念。攝影的論述中，效率也是最常被忽略的字眼，實在無法跟自己這樣說：「下午我會在公園裡待上三個小時，結束之後必須拍到五張好照片。」倘若這是你願意投注一輩子的熱情去成就的興趣或者志業，自然不會心急於立竿見影，那三小時／五張「好照片」的迷思不會困擾你，因為你享受過程中那某種祕密儀式裡不足為外人道的開心，相機握在手裡，腳步變得好輕盈，地球轉動也隨之放慢的那種緊張與雀躍交織的心情，這是文字無法描述的狂喜，但你可以用照片記錄來持續書寫如此特別的旅行。

每一組由二十三對染色體所合成的基因，裡邊都鑲嵌著一個迥然不同的生命劇情，縱使場景並非由我們自己決定，但透過攝影，我們逐格發掘那些關於自己這個角色的祕密、那些似曾相似的夢境，在現實世界裡那有時猶豫有時輕盈的腳步裡，試圖透過暗示與你建立起更深刻的關係，手持相機的好奇心更讓我們有種「特權」可以靠近，不間斷地反覆審視自己對於當下生活的熱情。

照片，不過只是證據……

坊間攝影書最常提到的關鍵字不外乎是：景深、快門、光圈種種競選口號般速成式的激情，但我相信唯有勇氣、體貼與好奇才能讓攝影與生活產生更緊密的聯繫。我們似乎總是忘記，拍照最常用到的其實不是單眼相機，是你的那雙眼睛。

——選自《要成為攝影師，你得從走路走得很慢開始》，麥田出版

筆記／范宜如

這幾篇隨筆可說是一個攝影師的視界，標題自身就是一種角度。詩意有時，思索有時。或思考攝影師的主體選擇，或對比攝影的緩慢與手機的「及時」，或反思觀看的意涵，審視自我對於生活的熱情。無論是技術的開展，或是快門聲所帶出的想像，不可變的仍是生活的本質，攝影師的生命體驗，以及與注重「功效」（或「效率」）的當代社會價值觀的對話。

蘇珊桑塔格曾指出拍照是一種侵入，一種掠奪。張雍則從攝影師的視角，從快門的聲音，鏡頭的造型，按鍵的速度試圖顯影拍照者的藝術心靈。除了看見具體的影像，也要看見攝影師那雙好奇的眼睛，以及相片中抽象而多元的情感內蘊。從《蒸發》到《要成為攝影師，你得從走路走得很慢開始》，一直到以難民營為主題的《月亮背面的逃難場景》，張雍的攝影之眼，總是抱持著謙虛與自省。他自稱「勇氣，體貼與好奇心才能讓攝影與生活更緊密的聯繫」，「永遠要專心在那些看似最簡單的事物上」，也提出「所謂的自拍、selfie等辭彙被發明以前的世界，人們對於他人的故事是否有比今日更認真地觀看？」文字是永恆的快門，影像是失而復得的視野。文中的觀點也提示我們，在剪貼與混搭之間，走出自轉人生，回應生活世界的具象與重量。

張雍，一九七八年生，台灣台北人。作家、攝影家。二〇〇三年起旅居東歐，目前定居於斯洛維尼亞。曾獲得台灣藝壇重要獎項「高雄獎」首獎、美國紐約「Eye time 2012 國際攝影大賽」首獎、「斯洛維尼亞新聞攝影獎」等獎項，作品亦受邀至西班牙、英國倫敦、俄國等各地藝術節巡迴展出。著有文字攝影集《蒸發》、《波希米亞六年》、《要成為攝影師，你得從走路走得很慢開始》、《月球背面的逃難場景》。

只問真實，不隨潮流

郭強生

另一位也是獲得諾貝爾文學獎的美國女作家童妮・摩里森（Toni Morrison），有一回在訪談中說道，現在年輕的一代知道的事情很多，但真正懂得的卻很少。

「舉例而言，」在普林斯頓大學英文系擔任教授的她繼續解釋：「如果我說，兩棵樹中間，繩索拉起的一個嬰兒搖籃，正在風裡輕輕搖晃，班上的年輕孩子立刻可以想像出那個畫面，但是，當我再接著問他們，那這個畫面給你們什麼樣的感覺呢？他們卻無法更深刻地去感受，更不用說以文字精準傳達了。」

同樣也在大學裡教文學的我，很能理解她所指為何。譬如，有一回我放映湯瑪斯・曼名著《魂斷威尼斯》改編的電影給學生看，本以為這部由維斯康提（Luchino Visconti）導演，曾獲坎城金棕櫚大獎堪稱難得的文學改編佳作，會讓他們如醉如癡，並對男主角狄・保嘉可圈可點的演技大表驚豔。沒想到一位同學在發表感想的時候竟然說道：「片中那個老人看起來好討厭喔，樣子髒髒的。」

看過這部電影或讀過此書的，一定可以想像我當下無言的震驚吧？

或許不光是年輕的孩子，這年頭的人也越來越多已失去感受的能力。情感對大多數的人來說，要不就變成一種簡化的東西，如好萊塢的浪漫愛情劇，情人節的燭光晚餐；要不，就是成為一種無法承受的負擔，既怕壓力不能受，亦欠能力無法給。

這種現象亦反映在當代的小說上。太多技法聰明繁複，內容充滿譏諷批評，文字獨特銳利的作家，但是真正能教我們「動容」的作品卻越來越少。

我懷念初讀《台北人》時的意猶未盡，曾經為史坦貝克《伊甸園東》的廢寢忘食，甚至在後現代風潮襲捲人人都來搞後設與解構的年代，我偶然又重看福婁拜的《包法利夫人》，竟感受到大學時草草讀過所不曾有的驚豔之感。反而是對於當時一度被台灣文學界捧上天的《生命中不能承受之輕》、《看不見的城市》、《如果在冬夜，一個旅人》等，讀完後就是感覺「有趣」，還不到「動容」的地步。

這種與文壇潮流相左的看法，其實也正考驗著我對創作最底層的信念與認知，我如何能不被炫技式的風潮所影響？

能夠想像《台北人》一書也來後現代解構一下嗎？並不困難，只要在各故事之間加上另一個敘述者「我」，把白先勇先生的家族史也穿插其中，就打破虛構與真實了。當然這樣寫也未嘗不可，但是這個題材的書寫到頭來最讓人讚嘆低迴之處，恐怕還是白先勇先生何以能有那樣的情懷與眼界，在時代的灰敗中看到了更赤裸的欲望，從人性傷口中看到了無法抹滅的激情澎湃。

是這樣的境界最難修練，那是作家「為何而寫」的最完整的答案。而非文字的表演。

後來在小說家王安憶復旦大學演講成書的《小說家的十三堂課》中讀到這段話，我深有同感。她寫道：

在二十世紀開始之前和開始之初，藝術家是下苦力下死力的，而不是技巧性的。今天的藝術則是另闢蹊徑。就像扛一個東西，以前都是用力氣來扛的，後來發現了槓桿原理，學會了巧力。

但是我想對她的話再加上一點說明，在二十世紀初（或之前）的小說家，並非不注意技巧，可能那些作家的技巧比當今還更雕琢與繁複，但是因為終究無法成為一種「原理」，無法成為一種被複製模仿的「品牌」與「風格」，所以就被「寫實主義」一詞籠統包裹，丟進了傳統老派的閣樓。

福婁拜的《包法利夫人》中，技巧不是套用一兩個理論就能分析的。整本書以「包法利先生」起，以「包法利先生」結，藉此反更深化女主角的性格與心理轉折，這種技法何嘗不是後現代中所謂的一種拼貼與移植？而且，將《包法利夫人》與福婁拜另一部傑作《情感教育》相比，我們看不到他特別著重在一種福婁拜體的文字，像是「村上體」的文字調調，可以讓後學者輕易並大量模仿。也不見他的一種宣言式的美學一再重覆，落入像是昆德拉刻意營造的一種反敘事，也許這在它的《笑忘書》與《生命中不能承受之輕》中已到達極致，後來的《身分》、《緩慢》等就只見後繼無力了。

是因為先有了作家眼裡看到不一樣的真實，才出現不同的技法來傳達吧？但是常常這個道理被顛倒了。

在教創作研究所的十年間，我最常對學生耳提面命的一句話就是：「你的精神層次有多高，下筆有就多高。」換言之，模仿了某人的技法與文字，你其實就限制了自己看世事的方法，你已被植入了別人的價值觀生命觀感情觀的晶片。

一部傑出的作品在本質上絕對應該是挑戰它的時代的。重點是，做為小說家，要如何挑戰他的時代？

我個人所認為的關鍵，是在於創作者能否反庸俗。反抗庸俗的道德觀，庸俗的集體催眠，以及庸俗的品味。

如果從這裡，再重新返回思考王安憶所言之「巧力」，還有我在前面舉出的東妮・莫瑞森對感受力流失這件事的擔心，或許可以得出我自己對寫小說這件事的一點體悟。

面對我們這個時代在面對因為科技、因為媒體、因為商業等種種操控下產生的扁平化與庸俗化的濫情及歇斯底里，要能真正敞開心胸去感受，恐怕是會教人害怕而蜷縮的。寧願在看似精巧趣味的事物上著眼，避開了一切可能因曝露了自己真實感受，而不幸被排擠被側目被貼上某種身分與標籤的危險。能夠擁有了一種被喜愛被接受的聲腔，好像在這充滿不確定與惶惑的洪流人世中有了一小塊踏腳石，何其值得慶幸。那動輒幾十萬的臉書連署聲援按讚，又是何其有效迅速地成全了創造改變時代的夢想，又何其輕易地讓這假想虛擬的數字大軍，在一般人心中形成了它們是道德倫理普世價值的同義詞。

這樣的普世價值，恐怕以一種較之上世紀更暴力的方式挑釁，或威脅著所謂的藝術心靈：你的感受太微不足道，你的痛苦與懷疑只因你沒有跟我們站在同一邊。要摧毀你個人這小小的聲音真是太輕而易舉，一個晚上我們就可以把你的信箱臉書部落格灌爆，一天之內我們的批鬥就可以轉寄連結上萬次，你還敢不敢？敢不敢？

在小說創作中斷了好一段時日後，我在前幾年又再度提起筆了。只是因為，我想留下我這小小的聲音。

我常常想起《慾望街車》中白蘭琪的一段台詞：「我不要真實主義，我要魔術！我從不說真話，我說的謊話是真話本來應該有的樣子！」這段瘋言瘋語真是好大的氣魄！年過四十之後

拜《包法利夫人》，如何不受「炫技式」的風潮影響，而能看見「寫實主義」如何深刻表現人物的性格以及心理轉折。現實永遠是複數的，重建現實其實需要更多觀看的方式。本文既是創作者的自剖，亦從教學者的眼光自省，如何不受潮流影響，如何洞見文學與流行文化頡頏的張力。

作家是「文學的冒險家」，文學創作就建立在文字上，「為何而寫」成了文學存在最深刻的提問。雖然「失落的藝術要精通並不難」，但創作的可貴在於勇於面對自己真實的感受，這或許也是「何不認真來悲傷」的初心吧。

郭強生，台大外文系畢業，美國紐約大學（NYU）戲劇博士，目前為國立東華大學英美語文學系教授。已出版小說、散文、評論二十餘部。近年作品：長篇小說作品《斷代》（王德威主編、麥田當代小說家系列）入圍台北國際書展大獎；散文集《何不認真來悲傷》獲開卷好書獎、金鼎獎、台灣文學金典獎肯定；《我將前往的遠方》獲金石堂年度十大影響力好書獎。

最好的漢語詩人，在天涯

廖偉棠

去看，去假裝發愁，去聞時間的腐味
我們再也懶於知道，我們是誰。
工作，散步，向壞人致敬，微笑和不朽。
他們是緊握格言的人！
這是日子的顏面；所有的瘡口呻吟，裙子下藏滿病菌。
都會，天秤，紙的月亮，電桿木的言語，
（今天的告示貼在昨天的告示上）
冷血的太陽不時發著顫
在兩個夜夾著的
蒼白的深淵之間。

詩人之間往往互相菲薄，但中港台詩人難得有一個共識：使用漢語寫作最好的一位老詩人，並不在中原本土，而是旅居在溫哥華的瘂弦。雖然他已經停筆近半個世紀，但他僅有的一本詩集《瘂弦詩集》無論在中港台都有極高的評價。尤其長詩〈深淵〉，一如前面引文，其深刻切入戰後時代精神的墮落景象，至今仍能在二十一世紀讀者得到共鳴。

十多歲便寫詩成名，三十歲就擱筆，這樣的經歷好像只有法國天才詩人韓波有過。瘂弦的詩歌魅力包括險奇的想像力、天賦樂感與國人罕見的幽默感，都是韓波與另一天才詩人洛爾迦共有的，這對瘂弦的詩歌讀者往往造成一種印象：這是一個狂放、享樂主義的波希米亞詩人。然而經由紀錄片《如歌的行板：瘂弦》的追尋，瘂弦呈現出一個天才的絕望——他作為二十世紀中國人曾經的流離賦予他一抹杜甫的底色，儘管他不時掙扎著李商隱、杜牧式的超逸。

紀錄片末段，詩人的好友作家黃永武引清人詩句「飄零君莫恨，好句在天涯」來概括他們那一代人的生涯，既是宿命，亦是慰安。其實流亡和邊緣化是當代文學的一個正常態勢，而且對大語種中心的文學逆襲，往往由這樣的作家完成，如愛爾蘭、印度的英文作家對英國文學的挑戰和反哺，如猶太德語詩人策蘭、諾貝爾文學獎得主羅馬尼亞德語作家赫拉．米勒之於德國文學的「反動」皆是好例子。漢語當代最優秀的詩人作家往往見於流亡者、海外華語地區或者邊地，所謂國家不幸詩家幸，是讖語，也是對廣義的民族文明的補償。

《如歌的行板：瘂弦》是台灣著名紀錄片「在島嶼寫作系列」第二輯的重頭戲，導演陳懷恩肯定敏感地意識到瘂弦的這種孤零突兀——第一個鏡頭就是在二〇一三年的溫哥華，滿牆的英文招牌前面走過一個磨鍊漢語的人，他告訴那位明顯是拉丁移民的理髮師說，他的名字叫ya-shien——這非常有意思，「弦」的注音無論通用注音法〔sian〕、漢語注音〔xian〕、威妥瑪注音〔hsien〕、國語二式〔shian〕、國語羅馬字注音〔shyan〕都不應該是shien，而更像是日語すん。這由一個移民向另一個移民道出，再思及其義「失聲的琴弦」，就是一首後殖民時代的尷尬之詩。

瘂弦一邊在詩集上敲出準確的鼓點，一邊讀出自己尚未完成的一首詩：「如果沒有滿天的晚霞，太陽會憤怒的掉下去」。這讓人想起其代表作〈如歌的行板〉經典的結尾：「世界老這樣總這樣：——／觀音在遠遠的山上／罌粟在罌粟的田裡。」晚霞之於太陽，罌粟之於觀音，兩者的依存關係與世俗之所想恰恰相反，沒有罌粟在，觀音也失去意義了。沒有上個世紀下半夜普遍的淪落，形而上的救贖也不可能在詩中發生。

瘂弦自中學寫第一首詩〈冬日〉「狂風呼呼，砭肌刺骨；一切凋零，草木乾枯。」就意識了四〇年代民國命運的暮冬之色。他帶著何其芳詩集《預言》逃亡，因為胃在燃燒，難忍徵兵營牛肉的誘惑而在一九四八年從軍——後來他說「民國三十七年十一月四日，是永不忘記的斷腸日。」青年學生兵不知道永別是什麼，這在《大江大海１９４９》裡也是普遍悲劇，日後瘂弦父親作為鄉村小知識分子死於青海勞改營、母親臨終遺言是告訴獨子她是想他想死的……而瘂弦直到九〇年代解禁還鄉才得知這一切，一如他說這是多殘忍的隔絕，人類史上沒有過如此無情的隔絕。

蒼老的瘂弦站在故鄉南陽玉米地裡的父母墓地前，彷彿親自演繹其詩句：

你們永不懂得
那樣的紅玉米

它掛在那兒的姿態
和它的顏色
我底南方出生的女兒也不懂得
凡爾哈侖也不懂得

猶似現在
我已老邁
在記憶的屋檐下

紅玉米掛著一九五八年的風吹著

「我底南方出生的女兒也不懂得」是多次讓席慕蓉落淚的句子。一九五八年，瘂弦來台十年，十年生死兩茫茫，也是無書問親朋的最絕望時刻。數十年後他再次經歷生離死別是其妻橋橋之逝，他竟因先入院而錯過最後一面，他問：「神把我支開是什麼意思？」耶穌在十字架上也問過類似的話，其實這已經不是人子第一次被神拋棄。

那個年代的漂泊者，命運被兩個獨夫所簸弄。剛剛來台的王慶麟（瘂弦本名）隨軍駐台南成功大學，新兵們想家，鬧營的、自殺的都有，而詩人想家則拉二胡，常嗚咽不成調——我想這就是筆名瘂弦的來歷。瘂弦的命運轉折點應該是進軍中大學念戲劇系，他有表演天分，被相中演國父一百周年，這一段回憶是最幽默的，但也是最沉鬱的，導演拍出了台灣戒嚴前期的肅殺氣氛。軍中詩人們固然對毛反感，卻引毛詩（數風流人物）為自己的詩歌事業壯行色，對應的是當下，眷村改例，軍人的犧牲持續，蔣公的像還在牆上。瘂弦他們唱著當年的勞軍歌曲〈星心相印〉，他突然在鏡頭外問了一句：「他的心呢？」——這也是問一代被國運蹉跎的青年的吧。

日後瘂弦獲選成為首批參與愛荷華國際作家寫作計畫的漢語詩人，開啟了他的專業生涯，那一代人中的精英輩出，電影中他們也輪番登場，大有天下朋友皆膠漆的真盛世氣象。而最有觸動的兩段，一是來自被瘂弦稱為小林的林懷民，他們談論當年文青林懷民的〈逝者〉小說如何才華橫溢，林突然說他把瘂弦詩集帶在雲門舞集巡演的隨身書櫃中，讓舞者常常閱讀。「為什麼罌粟在罌粟的田裡？」年輕舞者問——潛台詞還有：「為什麼觀音在遠遠的山上？」瘂弦沒有回答，我倒是想答：「因為罌粟才是圍繞我們的實在，真正的詩人應該直面甚至廝混於罌粟世俗之中，但永遠心存觀音的慈悲。」

另一段來自台灣後現代詩的先行者林亨泰，老詩人已經腿腳不便，說話也吃力，卻與來訪的瘂弦計較讀詩〈農作物〉時一個字「的」的停頓應該在何處。這是杜甫「晚節漸於詩律細」的境界，而這批詩人的交遊瀟灑之風也大有「誰家數去酒杯寬。惟吾最愛清狂客，百遍相看意未闌」的意氣。現代華文寫作也應有日本大正文豪時代那種輝煌時代，「在島嶼寫作」拍出了那尚未消失在文字沉淪模糊之前的清氣寥廓。

影片終結於幾位漂流異邦的作家在加拿大的街頭民謠歌手背後談詩，「一條河總得流下去」，「不管永恆在誰家梁上做巢／安安靜靜接受這些不許吵鬧」。「每一首詩都是新的，所以你們寫作者的生命永遠新」——移民理髮師再次出場說出真理，詩的真理永遠在「引車賣漿者流」之中而無礙乎國界、時限，悟此者，可以談瘂弦詩了，可以談現代詩了。

——選自《異托邦指南電影卷：影的告白》，聯經

筆記／凌性傑

以詩聞名的廖偉棠當年否決了自己拍電影的夢想，近年最重要的文字工作竟是寫影評。他寫這些文字的出發點不在「評」電影，而是為了與電影相應和。廖偉棠說：「詩人寫影評，最大的好處是善於發現隱喻，善於執其一端，散入汪洋。」〈最好的漢語詩人，在天涯〉應和的影像文本是紀錄片《如歌的行板》，既談紀錄片的敘事、光影、剪裁，也談紀錄片傳主瘂弦的生命軌跡。

《如歌的行板》這部影片，是「他們在島嶼寫作」電影計畫的其中一部。「他們在島嶼寫作」幾乎是以劇情片的規格在拍紀錄片，格局宏偉，磅礴大器。《如歌的行板》時空跨度極大，取景的地方有河南河陽、左營、台南、台北、溫哥華。廖偉棠擷取影片中重要的片段，談瘂弦的作品在現代詩壇的定位，並且回應瘂弦在紀錄片中沒有回答的問題。影像中的「街頭民謠歌手」、「移民理髮師」，想必是陳懷恩導演刻意設計的隱喻。這隱喻毫不做作，純然來自瘂弦的日常生活場景，人與人、事物與事物的關連於是構成了詩意。廖偉棠從中讀出了詩的真理，在引車賣漿者流之中而能跨越國界的侷限。

廖偉棠，一九七五年生，香港作家、攝影師。文字創作兼擅小說、散文、評論、戲劇。曾任書店店長、攝影雜誌《CAN》主編、文學雜誌《今天》詩歌編輯。曾獲香港青年文學獎，香港中文文學獎；台灣的時報文學獎、聯合報文學獎、聯合文學小說新人獎；馬來西亞花蹤世界華文小說獎及創世紀詩獎。出版詩集《永夜》、《手風琴裡的浪遊》、《苦天使》等；攝影及雜文集《波希米亞中國》（合著）、《我們從此撤離，只留下光》等；小說集《十八條小巷的戰爭遊戲》等。

國家圖書館出版品預行編目資料

另一種日常：生活美學讀本 / 凌性傑, 范宜如編著. -- 初版. --
臺北市：麥田出版：家庭傳媒城邦分公司發行, 2018.06
面；　公分. --（中文好行；10）

ISBN 978-986-344-573-9（平裝）

855　　　　　　　　　　107009847

中文好行 10

另一種日常：生活美學讀本

編　　著　凌性傑　范宜如
書系主編　凌性傑
責任編輯　張桓瑋

版　　權　吳玲緯　蔡傳宜
行　　銷　艾青荷　蘇莞婷　黃家瑜
業　　務　李再星　陳玫潾　陳美燕　馮逸華
副總編輯　林秀梅
編輯總監　劉麗真
總 經 理　陳逸瑛
發 行 人　涂玉雲

出　　版　麥田出版
104台北市民生東路二段141號5樓
電話：(886)2-2500-7696　傳真：(886)2-2500-1967
發　　行　英屬蓋曼群島商家庭傳媒股份有限公司城邦分公司
104台北市民生東路二段141號11樓
書虫客服服務專線：(886)2-2500-7718、2500-7719
24小時傳真服務：(886)2-2500-1990、2500-1991
服務時間：週一至週五09:30-12:00・13:30-17:00
郵撥帳號：19863813　戶名：書虫股份有限公司
讀者服務信箱E-mail：service@readingclub.com.tw
麥田部落格：http://blog.pixnet.net/ryefield
麥田出版Facebook：https://www.facebook.com/RyeField.Cite/

香港發行所　城邦（香港）出版集團有限公司
香港灣仔駱克道193號東超商業中心1樓
電話：(852) 2508-6231　傳真：(852) 2578-9337
E-mail：hkcite@biznetvigator.com

馬新發行所　城邦（馬新）出版集團【Cite(M) Sdn. Bhd. (458372U)】
41, Jalan Radin Anum, Bandar Baru Sri Petaling,
57000 Kuala Lumpur, Malaysia.
電話：(603)9057-8822
傳真：(603)9057-6622
E-mail：cite@cite.com.my

封面設計　好春設計
封面插畫　薛慧瑩
排　　版　宸遠彩藝有限公司
印　　刷　沐春行銷創意有限公司

初版一刷　2018年6月28日
初版六刷　2023年11月1日

定價／350元
ISBN：978-986-344-573-9

讀者回函卡

cite城邦媒體

※為提供訂購、行銷、客戶管理或其他合於營業登記項目或章程所定業務需要之目的，家庭傳媒集團（即英屬蓋曼群島商家庭傳媒股份有限公司城邦分公司、城邦文化事業股份有限公司、書虫股份有限公司、墨刻出版股份有限公司、城邦原創股份有限公司），於本集團之營運期間及地區內，將以e-mail、傳真、電話、簡訊、郵寄或其他公告方式利用您提供之資料（資料類別：C001、C002、C003、C011等）。利用對象除本集團外，亦可能包括相關服務的協力機構。如您有依個資法第三條或其他需服務之處，得致電本公司客服中心電話請求協助。相關資料如為非必填項目，不提供亦不影響您的權益。

☐ 請勾選：本人已詳閱上述注意事項，並同意麥田出版使用所填資料於限定用途。

姓名：＿＿＿＿＿＿＿＿ 聯絡電話：＿＿＿＿＿＿＿＿

聯絡地址：☐☐☐☐☐＿＿＿＿＿＿＿＿

電子信箱：＿＿＿＿＿＿＿＿

身分證字號：＿＿＿＿＿＿＿＿（此即您的讀者編號）

生日：＿＿年＿＿月＿＿日　性別：☐男　☐女　☐其他＿＿＿＿

職業：☐軍警　☐公教　☐學生　☐傳播業　☐製造業　☐金融業　☐資訊業　☐銷售業　☐其他＿＿＿＿

教育程度：☐碩士及以上　☐大學　☐專科　☐高中　☐國中及以下

購買方式：☐書店　☐郵購　☐其他＿＿＿＿

喜歡閱讀的種類：（可複選）

☐文學　☐商業　☐軍事　☐歷史　☐旅遊　☐藝術　☐科學　☐推理　☐傳記　☐生活、勵志　☐教育、心理　☐其他＿＿＿＿

您從何處得知本書的消息？（可複選）

☐書店　☐報章雜誌　☐網路　☐廣播　☐電視　☐書訊　☐親友　☐其他＿＿＿＿

本書優點：（可複選）

☐內容符合期待　☐文筆流暢　☐具實用性　☐版面、圖片、字體安排適當

☐其他＿＿＿＿

本書缺點：（可複選）

☐內容不符合期待　☐文筆欠佳　☐內容保守　☐版面、圖片、字體安排不易閱讀　☐價格偏高

☐其他＿＿＿＿

您對我們的建議：＿＿＿＿＿＿＿＿

＿＿＿＿＿＿＿＿